꽃망울 터지는 시간

중랑문인협회

2024 중랑문인협회 회원선집

꽃망울 터지는 시간

지은이 / 중랑문인협회
편집위원 / 이영선, 이호재, 이순헌, 한영옥, 김춘선
편집국장 / 정여울

펴낸이 / 오혜정
펴낸곳 / 글나무
주 소 / 서울 은평구 진관2로 12, 912호(메이플카운티 2차)
전 화 / (02)2272-6006
e-mail / wordtree@hanmail.net
등 록 / 1988년 9월 9일 (제301-1988-095)

2024년 5월 28일 초판 인쇄·발행

ISBN 979-11-93913-04-8 03810

값 15,000원

책머리에

온 세상은 봄꽃들로 환하게 빛나고 있습니다. 그 꽃들은 사람의 마음을 뒤흔들어 설레게 합니다. 화려하고 아름다운 자태와 설레는 마음은 중랑문인협회 회원 한 사람 한 사람의 마음이지 않나 싶습니다.

올봄도 봄꽃들이 제각각 다르면서도 세상을 밝히듯 한국문인협회 중랑지부 회원들도 여느 때처럼 다양하게 조화를 이루어 아름다운 사화집을 출간합니다. 이처럼 회원들의 심성이 가득한 사화집은 무엇을 의미할까요? 이것은 '문학이 사람들에게 어떤 의미를 부여하는가'와 동일하다 볼 수 있습니다.

그렇다면 문학이란 무엇일까? 문학은 그 무엇을 만들 수 있는 도구가 되거나 힘이 되지 못합니다. 그저 쓸모없는 것이기에 사람을 억압도 않지요. 사람을 억압하는 그 '쓸모 있는 것들' 뒤에 감추어진 허상을 '쓸모없는 문학의 시선'으로 볼 수 있게 억압의 사슬을 풀어 자유로운 공간으로 나오게 할 뿐입니다. 문학평론가 김현은 "역설적이게도 문학은 그 써먹지 못한다는 것을 써먹고 있다"라고 말합니다.

문학은 당장 무엇이 도움을 주는지 눈에 보이지 않지만 그 행위가 쌓여 지친 일상에 위안이 되고, 메마른 감수성을 감미롭게 피워 영혼을 건강하게 합니다. 이것이 문학이요. 중랑문협이 사화집을 발간해야 하는 이유입니다.

회원선집 출간에 귀중한 옥고를 보내 주신 회원 여러분과 발간에 큰 힘이 되어 준 중랑구청 관계자 여러분께 깊은 감사를 드립니다.

중랑문인협회 회장 이영선

Contents

차례

【시조】

Contents

【동시】

【디카시】

【수필】

【콩트】

【동화】

제9회
『중랑문학』 신인상 작품 모집 안내

(사)한국문인협회 중랑지부에서는
다음과 같이 신인상 작품을 공모합니다.

—다음—

공모 기간 | 2024년 5월 1일부터 2024년 9월 30일까지

장르 별 모집 안내 | 주제는 자유이며 운문(시, 시조, 동시) – 3편,
산문(수필, 동화) – 원고지 15매 내외(1~2편)

대　　상 | 주민등록상 중랑구민에 한함(미등단으로 문학에 뜻을 가진 분)

제출방법 | · E-mail : ysl7550@daum.net
· 작품과 함께 연락받을 주소, 전화번호 기재
· 문의전화 : 010-8753-5234

발　　표 | 2024년 11월 1일(개별 통지함)

시상내용 | 상패 및 상금 – 각 부문 우수상 1명, 운문과 산문 합하여 대상 1명(총 3명)

시 상 식 | 2024년 11월 중 〈2024 중랑문학제〉 행사 시

특　　전 | 중랑문인협회 회원 가입자격 부여, 『중랑문학』 작품 게재

〈응모한 원고는 반환하지 않음〉

주최 : (사)한국문인협회 중랑지부

『시』

이 명 혜

한마디

초봄
햇살이 눈짓하는 중랑천변에 서서
꽃지는 잎새를 본다

약 력

- 《우리문학》(1990) 등단
- 중랑문학대상(2002), 한국문협 서울시문학상(2021)
- 한국문인협회, 한국시인협회, 경희문인회, 한국문인협회 중랑지부장(4대), 중랑문인협회 고문
- 시집: 『지금 나는 흔들리고 있다』, 『밤마다 키질로 얻은 보석』, 『고목나무 뒤 숨은 봄』, 『경호강』(2020)

필봉산 · 45 외 4편
—꽃순

지난 겨울 베란다에 내놓은
관음죽나무 꽃순 돋았다

찢겨진 빈 가지 사이 새순 돋는
저건
휘파람새 발자국일까

꽃순으로 실뿌리로
돌아온
어미의 혼이었음을

긴 밤
울음을 견디어 낸 일월정신이었음을

필봉산 · 46
— 솔바람

늘비마을 뒷산 자락 솔바람 떼
풍성한 여름으로 돌아온다

바람은 깊은 계곡 납작 엎드려 살다
풀꽃으로 꽃나비로 꾀꼬리 울음으로
하늘과 침묵의 땅 떠돌다 고갯마을 빛살로 온다

저건 어둠의 시간
끝내
터널을 빠져 우주 자궁으로 돌아오는 혼령

봄맞이 얼음꽃 녹을 즈음
늘비마을로 돌아오는 내 어머니
동그란 무지개 꽃바람이다

필봉산 · 47
–벌바위 소(沼)

벌바위에 서면
떠나고 돌아오는 경호강 소(沼)를 만난다

물안개 속 갇힌 것들이
와_
와_
허공을 날아

바람인지 강 물결인지 나인지 알 수 없다
피고 지는
흰 탱자꽃 너머 돌담을 돌아 떠나가신 어머니

얼마나 돌아왔을까

물살을 거슬러 오르다
오르다 손잡은 내 어머니
내 안의 어머니

필봉산 · 48
—엘리베이터

목련은 엘리베이터에 목매 달린 生이다

허공을 돌아 돌아가는
문과 문 사이
목련 꽃봉이 터지고 사라지는 것을

하늘
땅속 실뿌리
핏줄 따라 오르고 사라진다

저건
사랑과 죽음의 입맞춤

生의 절벽에 매달려
빈 허공을 돌아가는
너는

꽃병에 갇힌 꽃다발이었음을

필봉산 · 49
—봄날

초봄
햇살이 눈짓하는 중랑천변에 서서
꽃지는 잎새를 본다

기대인지 아픔인지 물결인지
흰 듯 붉은 듯

백년을 흘러와 흘러가는
푸르른 산등성을 돌아
돌아 상수리나무 실뿌리로 스며 살다

떨어지는 꽃잎이 되어
굽이굽이 흘러 살다

내 生의 민들레 꽃잎으로 돌아 살 것을

『시』

김 재 준

한마디

네가 자리하는 곳이라면
찢긴 풀잎 위라도
새잎 도사리는 사랑이 쉴 자리

약 력

- 《창조문학》(1995) 등단
- 《창조문학》 대상(2017)
- 한국문인협회 회원
- 시집: 『세월의 그림자』(2013), 『늦깎이 인생』(2016)

동백꽃 외 2편

햇살에 숨 가쁜 줄 모른
빨간 입술
미소를 지그시 깨물었다
겨울이 아프도록 깨물었다

두툼한 초록의 코트 사이로
하얀 입김
흘린 꽃술이 꽃잎을 끌어안아
뽀얀 아침 안개를 걷어치웠다

고향 섬바위를 그리워하듯
동백꽃은
오늘을 안고 내일을 걷는
차디찬 눈발 속에서도
빨갛게 웃는다

봄 길

떨림의 줄기 사이에
얼핏 스치는 분홍빛
꽃망울 낳는 소리려니

간밤의 빗방울 풀밭에
잠겨 드는 녹색의 빛이
네 잎의 클로버 솟는 힘일까

하늘 푸른 따스한 햇살
사랑으로 녹여 품어 오는
노란 개나리와 꿀벌의 찬가

흐뭇한 바람이 잠드는 곳
네가 자리하는 곳이라면
찢긴 풀잎 위라도
새잎 도사리는
사랑이 쉴 자리

내가 그곳에 간다

목어(木魚)

너를 두드릴 때
평온이 온다
두드리고 나면
기쁨이 온다
두드림을 그치면
내가 서 있다

『시』

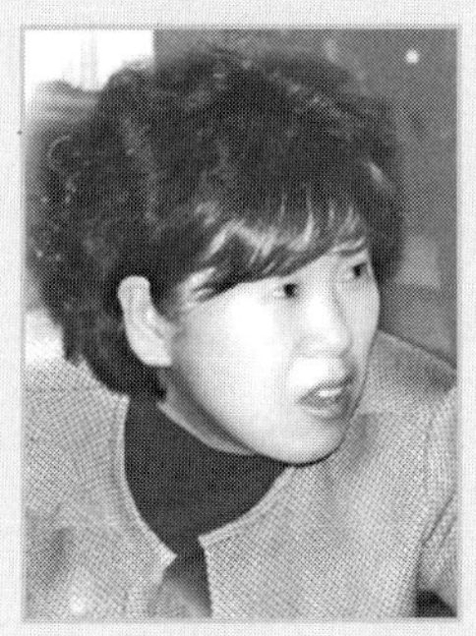

이 영 선

한마디

나이 들수록
보이지 않는 사람들 때문에
더 외롭고 힘들어지는 것을

약 력

- 《문학공간》(1997) 등단
- 경희대학교 대학원 국어국문학과 석사 졸업
- 다산문학상, 중랑문학상 우수상(2016), 중랑문학 대상(2022)
- 한국문인협회, 무주문인협회, 국제펜클럽 회원, 한국문인협회 중랑지부장(10대)
- 시집: 『나 하나쯤은』, 『그리움의 둥지』, 동인지 『때때로 누구라도』 외 다수
- 디카시집: 『꼭 때가 아니어도』
- 산문집: 『우리는 누군가의 꽃이 되고 싶어한다』, 『짧고도 긴 여정』

그리움의 체취 외 4편

그리움의 체취 묻어나지 않는 곳 어디일까

숱이 적고
일찍 세어진 어머니 염색은
젊고자 하는 작은 몸짓이었다

학교 갔다 오면
늘 기다린 듯
쇠그릇에 물 섞어 가루 담고

연탄불에 지글지글 끓여 만든
어머니의 염색은
언제나
내 몫이었고
내 몫이라 당연히 여겼다

이제, 내 머리카락에서
어머니의 숨결이 스멀스멀 피어난다

그리움의 체취 묻어나지 않는 곳 어디일까

빛나는 인생

잘하지 못하는 노래이지만
가끔은 아무 생각도 없이 콧노래 부릅니다

그 모습 지켜본 이들은
무엇이 그리 신날까 묻기까지 합니다

나는 시시때때로
달콤한 생각 떠올릴 때면
흥얼거린다는 걸 그를 통해 알게 됩니다

꿈이든
바람이든
그 어떤 순간도
실망하지 않는 마음 바람 하여 봅니다

빛나는 인생은
어둠의 길도 마다하지 않고 걸을 때
새롭게 시작된다는 걸 아는 까닭입니다

어쩐다지요

어쩐다지요

나이 들수록
볼 수 없는 사랑 때문에
눈물 더욱 흘린다는 것을

어쩐다지요

나이 들수록
사소한 일조차 섭섭함이
더욱더 커진다는 것을

어쩐다지요

나이 들수록
웃음 줄고 기억의 공간
더 좁아지는 것을

어쩐다지요

나이 들수록

탄력 잃은 자신감
더더욱 늘어나는 것을

어쩐다지요

나이 들수록
보이지 않는 사람들 때문에
더 외롭고 힘들어지는 것을

기억의 우물물

어젯밤엔 기억의 우물을 길어 올렸습니다

건져 올린 물의 양은
갈증 해결하기엔 모자람 있지만
실마리 푸는 데 부족함은 없었습니다

차갑기도
때로는 뜨겁기도 한
기억의 목 넘김은
씁쓸하다 달보드레하기까지 합니다

종종 튕겨 나온 회환의 물은
"너무 애쓰지 말아요"
어깨를 다독여 재차 말합니다

넘쳐 흘린 기억의 우물물은 그리움이라고

배회하는 시

내가 좋아서 하는 일이
시시때때로 눈물을 머금게 합니다

그때마다
강물에 발 담가 놓고
묶은 때 벗기듯 문질러 봅니다

잠긴 종아리 문지를 때마다
둥둥 뜬 부유물은
사념의 골짝 따라 흐르다가

돌아올 수 없는 시선으로
허우적거리며 강 너머 배회를 합니다

『시』

정 정 순

한마디

깊어가는 녹음 찾으며
정답 찾지 못하는
꽃도 열매도 아닌 영혼

약 력

- 《문학공간》(1998) 등단
- 예원예술대학 졸업, 동방대학원 불교문예학 박사 수료
- 허난설헌문학상 본상, 일붕문학 대상, 한올문학 대상, 문학공간 본상, 자랑스런한국인상 금상
- 한국문인협회 제28대 문학지 육성교류위원회 위원장, 국제펜클럽 회원, 불교문학 발행인, 한국문인협회 중랑지부장(5대), 중랑문인협회 고문, 예원예술종합대학원 지도교수
- 시집: 『맑은 하늘에 점 하나 찍었어』 외 16권의 개인 시집

과일 사랑 외 4편

사계절 과일 사랑
신맛
단맛
쓴맛
잘 아는 사람들

사람도 과일처럼
덜 익으면 시고 떫고
자신의 뜻 이루며
부귀영화 누리고 싶은 입맛

단맛을 선호하는 유혹 속에
순백의 마음
덜 익은 것보다
자연스러움이 최고의 사랑

과일이나 사람이나
나이든다고 다 익을까

허기진 발걸음

까마득히 별을 세는 밤처럼
단순한 일상들 속에
지금 우리는 무엇을 주저하는가

그때 그날처럼 새롭게 힘내고
행복해지고 싶은데
5인 인원 제한 입장 거부

왕 대접받고 싶은 오후
아름다운 동행
가족 증명서라니

하얀 적막 속에
사라지는 꿈
돌아서는 허기진 발걸음

집착

깊어가는 녹음 찾으며
정답 찾지 못하는
꽃도 열매도 아닌 영혼

예술가의 길에 서서
강바람 음률 따라가는
나이답지 못한 집착

하늘을 날던
왕성한 기력
어떤 그림으로 살까

천지를 깨우는 부처님 말씀
기쁨 가득하지 못할 바엔
내려놓아라 내려놓아라

그림자

봄 햇살 그림자를 만들듯
그림자로 살아온 긴 시간

뒤에서 햇살이 비출 때는
내 그림자 밟으며 가지만

앞에서 햇살이 비출 때는
뒤에서 따라오는 그림자

나는 나를 알 수 없어도
그림자 속에 내가 보이네

세월만큼 변한
인정하기 싫은 나이가 보이네

꽃피는 5월

지천에 만발한
꽃피는 5월은 행사의 달
1일은 근로자의 날
5일은 어린이날
8일은 어버이날
15일은 스승의 날
19일은 성년의 날
21일은 부부의 날

받는 기쁨
주는 기쁨 속에
꽃구경 맘껏 하며
잔칫집 같은 젊음의 5월
산과 들에도 우리 집에도
힘내라고 웃음꽃 사랑꽃 피어나네

『시』

김수호

한마디

어제도 오늘도 내일도 두려운 우주의 미아
새기고 새기며 찰나를 걷는 나는 시인

약 력

- 《황금빛 노래》(1999) 등단
- (사)새한국문학회 수필 부문 신인상, (사)대한문인협회 시 부문 신인상, 중랑문학상 시 부문, 전국공모전 및 백일장 장원 대상 금상 차상 및 다수 입상
- (사)한국문인협회 회원 및 중랑지부 이사
- 저서: 『황금빛 노래』(1999), 『천상의 등불 금화집』(2016), 『꿈꾸는 시간 빛의 날개』(2023, 동화)
- 공저: 『한국대표 명시 선집』 등 다수

첫사랑 즈음 외 4편

시간이 멈추고
숨결이 멈추고
생각이 멈추고
동공이 멈추고
태양이 빛나고
꽃들이 춤추고
세상이 노래해
어느 봄날 새싹이 돋아
은하수 꿈꾸고
걸음이 날아올라
사람들이 사랑하네
거리에 맴도는 아지랑이
한여름 밤 천둥소리
거인의 눈물 소낙비 이별이 흐르네!

겨울잠

포근한 함박눈 내리면 파고드는 그리움
음악이 흐르고 바람이 춤추는 가로수
하늘을 보며 끊어진 숨결을 그리네
펼쳐진 별들이 밤거리 내려앉을 때면
홀로 잠든 생각 하나 별이 되고 꿈이 되고
한없이 깊어지는 블랙홀 빠지고 빠져들고
빅뱅
멈추어선 우주에 시계 소리
또다시 시작되는 화이트홀
초신성
펼쳐지는 별들의 빛나는 꿈에 봄날
이불 속 겨울잠은 깊어만 가네
한 발 두 발 태양이 빛나도 꿈은 짙어만 가네

그날이 오면

동토에 얼어버린 가슴 차가운 별빛
홀로 걷는 겨울 아이 흩어지는 머릿결
쓸쓸히 외로이 세상을 걸어가네
하늘이 부르고 땅이 꺼져 내려앉을 때
달빛 사이 함박눈 내려오지
동산 무덤 할미꽃 빨간 겨울이 깨어나리
또다시 시작될 천상의 시간
하얀 눈 덮인 산길을 걷는 하얀 나비
잊혀진 날들이 쌓여만 가는 하얀 겨울
한겨울 바람결 음악이 얼어붙은 바위
새기고 또 새겨 놓을 이름 석 자
생명이 흐르고 시가 흐르고
눈물이 수정이 된 시베리아 동토에 봄

우주의 미아

한 자 한 자 빛나는 별들을 바라보다가
어디서 왔는지 어디로 가는지 잊어버렸네
흩어진 글자들이 머릿속 맴돌고
하나둘 발자국 따라 걷고 있네
별빛이 어둠에 빛나고
음악은 글 속에 흩어져 흐르네
우주에 깃든 내 숨결들이 길을 잃고 눈물짓네
빛나는 저 눈물 얼어버린 두려움
하늘 높이 새겨지는 나의 노래
갈 길 몰라 여기저기 새겨 놓는 나침판
나는 우주의 미아
한 자 한 자 되새겨 보는 시어들
어제도 오늘도 내일도 두려운 우주의 미아
새기고 새기며 찰나를 걷는 나는 시인

물소리 사이로

붉은 태양 서쪽 강 건너 멈춰서고
한강 위로 달려가는 1월 어느날 늦은 오후
물길 사이로 빼곡히 스며든 황금빛 날개
빌딩 숲 겨울에 잠겨 고요히 잠들라
흐르고 흘러가는 물길 사이로
물들어가는 겨울밤의 새벽 아침
동쪽 강물 흘러들고 둥근달이 태양을 삼켜
어둠은 또 다른 아침을 열고 있네
사람들의 귀가 집으로 돌아가는 물길 소리
태양 끝 둥근달 나는 아침에 서 있네
물길 사이로 뚜벅뚜벅 걸어가네
날아오르니 별이 흐르는 정오를 향해
어둠 속 희망을 걸어 놓은 북극성으로
날아오르네. 물길 사이로 피어오르네
태양과 둥근달이 맞닿은 북극성
나는 물길 사이로 마술 노래 부르리

『시』

김 지 희

한마디

수없이 매달린 열매들이
새들을 위하여
소신공양이라도 하려나

약 력

• 월간 《韓國詩》(1999) 등단
• 중랑문학상 대상(2004)
• 한국문인협회 회원, 「바림」 詩 동인
• 시집: 『그냥 물안개라 부를 수밖에』(2005), 『오래 입은 옷의 단추를 끼우듯』(2013), 『하늘은 무청처럼 푸르렀다』(2022)

감나무, 불을 밝히다 외 2편

날씨는 화창했고
때로는 우울했다

시간이 흐르고
계절이 지나갔다

헐벗은 나뭇가지에
희미한 弔燈을 켜고
겨울 맞을 차비인가

수없이 매달린 열매들이
새들을 위하여
소신공양이라도 하려나

두 손 모은다

우울한 해바라기

빈센트 반 고흐의
보리밭에 내리쬐는 태양은
유난히 슬프다

그 보리밭 창공을
날아다니는 노고지리도
덩달아 슬프다

슬픈 태양 때문에
슬픈 노고지리 때문에

빈센트 반 고흐의
해바라기도 우울하다

풍경

산그늘 내려와 앉은
저수지

누구의 솜씨인가
저 데칼코마니

나무에서
잠시 쉬어가려던
새 떼들
흠칫 놀라
솟구쳐 오른다

바람 한 점 없는
저물녘

『시』

김 태 수

한마디

가을이 뿌린 彩色畫에
나의 詩는
세월을 닮았나

약 력

- 농민문학상 수상, 한국문학 예술상 수상
- 한국문인협회 회원, 국제펜클럽 회원
- 시집: 『자유, 그 하늘』, 육필시집 출간

눈 오는 날 외 4편

굴러가는 나이도
잡힐 듯해
눈 감고 있다
너를 위해

응어리진 마음이
자유로이 부서지는 하늘
쉴 곳 잃은 세월이
첫사랑으로 내려와
순수를 얘기하고
나는 참선하듯 눈 감고 있다
너를 위해

봄맞이

꽃샘추위가
뭐 대단하랴
한강의 봄맞이에
바람이 세차다
맑은 날 빗방울 지면
어린 날에 "야시 비에 호랭이 장가가네." 하며 놀았던 기억
해가 나 있는데 눈발이 날리는 날은 뭐라고 했던가
나이 탓인가
생각이 나지 않는다
봄은
저절로 오는데
기다리고 있으니
더디 오는가 보다

덕소나루에는
물닭들이 물결 타며
가는 겨울을 즐기고, 월문천에는
오리 가족 놀고
백로 한 마리
봄 기다리는 나처럼
우두커니 서 있다

백로

달이
그러더니,
다가가면 멀어지고
돌아서면 다가오는
너에게 물어본다
너는
세월이냐
엇나간 내 삶이냐?

가을 詩畫

가을이
뿌린
彩色畫에
나의 詩는
세월을 닮았나
잊혀가는
그리움 따라
강가에 나와
그대
뒷모습 따라 흐른다

가을

하늘
산, 들에
강에도
시화전 벌인다.

덩달아
가랑잎
세월 되어
바람 따라 구경 왔구나.

『시』

김 현 숙

한마디

넓은 하늘에게 합창을 해대면
세상이 변할지도 모르리라

약 력

- 아호 소영당(素影堂)
- 월간 《문예사조》 및 《한겨레문학》(2000) 등단
- 대한한시학회 전 사무국장, 전 중랑문인협회 사무국장, 한겨레문인협회 회장, 한국아동청소년문학협회 회원

목련 1 외 4편

미색의 등불들을 켜고
그 옛적 옷고름 매는 봄날의 아낙네들처럼
두둥실 매달려 재능 부리는 얼굴들로
향연이 펼쳐져 있다
한 가닥의 꽃입술도 떨어질까 가슴 조이는 날
봄바람으로 머릿속을 헹구며
살금살금 애태우는 이내 가슴 속에
그리운 님이 오셨네

목련 2

봄을 불러대느라 바쁘구나
말씀을 올리고저 입 크게 벌렸냐
넓은 하늘에게 합창을 해대면
세상이 변할지도 모르리라
은은함에 반하지 않을
하늘과 땅이 또 있을까
꽃샘추위에 옷깃을 여민 행인도
사정은 마찬가질 거다

落葉 낙엽

寒天脫木猶松靑 한천탈목유송청
凋葉飄飛落滿庭 조엽표비락만정
차가운 날씨에 탈목해도 오직 소나무 푸른데
시든 잎 표비하여 뜰에 가득 떨어져 버렸네

因雨霑霑籬下積 인우점점리하적
隨風轉轉谷中停 수풍전전곡중정
찬비에 젖어서 울타리 아래도 쌓이고
삭풍에 뒹굴면서 골짜기에도 멎었네

殘楓僅少餘山寺 잔풍근소여산사
綠竹繁多繞野亭 록죽번다요야정
잔인한 날에도 단풍잎 조금 산사에 남았네
푸른 댓잎 번다하게 들녘을 둘렀네

本性歸根當理致 본성귀근당이치
新春萬物自然醒 신춘만물자연성
귀한 뿌리 간직한 본성은 당연한 이치려니
새봄에는 만물이 자연히 제 정신을 차려 깨어나리

雪滿江山 설만강산

雪滿江山色變形 설만강산색변형

白鹽美貌四方屛 백염미모사방병

강산에 눈이 가득하게 변한 색상이

소금같이 고운 모습 사방이 병풍이네

霙霙玉屑簷頭積 비비옥설첨두적

片片銀花足蹟銘 편편은화족적명

옥설이 비비하야 처마 위에 쌓이고

은화의 발자취는 조각조각 새겨졌네

地勢高低茫漠縣 지세고저망막현

風聲遠近瑟蕭聆 풍성원근슬소영

높고 낮은 땅의 권세는 망막하고

원근의 대나무 휫바람 노래 소슬하게 들리네

新年喜報來春景 신년희보래춘경

可愛庭梅早吐馨 가애정매조토형

새해에는 기쁜 소식에 새봄을 기다리니

뜰에 있는 사랑스런 매화는 일찍 향기 토하는 것이 옳겠다

殷春卽事 은춘즉사

殷春賞客會芳京 은춘상객회방경

木覓森林鳥轉聽 목멱삼림조전청

은춘에 상객들이 꽃다운 서울에 모였는데

남산 숲에서 재잘거린 새 노래들이 들리네

泉雨閣變梅瞼艷 천우각변매검염

漢江水外柳眸醒 한강수외류모성

천우각변에는 매화꽃을 피려는 듯 물들고

한강수 밖에서는 버들눈개비 깨려나네

靑衿入學開門校 청금입학개문교

白髮垂竿霽日汀 백발수간제일정

학생들은 학교에 입학했고

노인네들은 날 개이니 은낚시하시러 물가에 이르네

彦士歡談方見聞 언사환담방견문

我吟一首是樓停 아음일수시루정

스승님들의 환담을 보고 들어 한 수 옮기고자

스스로 시를 하나 지어 이 다락에 머물게 되어 읊어지는구나

『시』

김 기 순

한마디

도약 희망 축복
지상은 온통
새 생명으로 가득하여라

약 력

- 《문학공간》(2002) 등단
- 알베르카뮈 문학상, 문학공간 본상(2017), 중랑문학상 대상(2018)
- 한국문인협회 회원, 「바림」 詩 동인
- 시집: 『그대 내 곁에 있어만 준다면 좋겠네』, 『흔들리지 않는 건 아무것도 없다』

봄 외 2편

햇살이 놀다간
자리마다
무더기 무더기
돋아나는
연둣빛
도약 희망 축복
지상은 온통
새 생명으로 가득하여라
이 벅찬
충만함에
나도 봄이 된다

미래

시끌시끌
눈 뜨면 논쟁뿐
보채는 것도
정도가 넘친다
이러다 미래는
어떻게 될지…
참으로 암담하다
요구 조건
다 들어주면
빈 곳간만 남아
짐을 지워 줄
우리 아이들이
참 버겁겠다
이 캄캄한 미래에
근심 걱정 수위가
높아만 가는
국민의 원성

떠날 때는

가진 게 많아도
가진 게 없어도
모두 다 한시적이니
뽐낼 것도
기죽을 일도 없다
너나 나나
마지막 날은
똑같은
빈손인 것을

『시』

김명옥

한마디

잡아도 잡히지 않으면
애타게 두드려도 열리지 않으면
거기가 공중누각인 것을

약 력

- 《문학공간》(2002) 등단
- 중랑문학상 대상(2012)
- 한국문인협회 회원, 중랑문인협회 이사, 「바림」 詩 동인
- 시집: 『물마루에 햇살 꽂히는 소리』, 『블루 음계』, 『물끄러미』

허(虛) 외 4편

삼거리 모퉁이에 서 있는
볼록 거울
세 갈래 길 오가는 것들
샅샅이 복사하고 있다
햇살 바람 구름 휘늘어진
버들가지
진짜보다 더 진짜 같아
박새 한 마리
쏜살같이 날아와 거울 속으로
돌진한다
있는 듯 없는 가지에 부딪히고 또 부딪히며
온통 피멍이 들어도 멈추지 않는
저, 저 머저리
아무리
잡아도 잡히지 않으면
애타게 두드려도 열리지 않으면
거기가 공중누각인 것을
없는 것에 닿으려 허우적대는 날개도
힘껏 떠밀려 오목해진 허공도
다
속아 넘어간다
새를 깨뜨리기 전까지

광대나물

무대와 배경은
시절 따라 변하기 마련인 걸
추레하다고
신산하다고
박차고 나가지 않을 거야
감독의 의도대로
뼛속까지 광대로
살아갈 거야
자연이란 연출가는
세세 대대로 옳으니까
단막극에 써먹던
연속극에 써먹던
눈썹도 그리고
입술연지도 칠하고
길섶이든 묵밭이든
그날의 무대를 누빌 거야
슬픔이 모자를 벗고
객석에 앉으면
웃음을 파는 일도
머리끄덩이를 잡히는 일도
다 축제 아니겠어

이런저런 제비

1. 이런

기와집 처마 밑에
방 한 칸 얻었으니
비바람 몰아쳐도 걱정 없지
지붕 위엔
만 이랑 별 밭
창문 열면 우거진 수풀
새끼들 먹이고 기르는 일
재미지지
정배리 촌 제비들
아침부터 자아내는 노랫소리
갓 쪄낸 시루떡이지

2. 저런

깎아지른 빌딩 숲속에
둥지 하나 마련하느라
대출받고 사채 얻었지
신도시에
겨우겨우
입성한 신혼 제비들
출산도 노래도 다 포기했지
빚 갚기 위해
월화수목금토 지옥철
환승 거푸 하며
돈 벌러 가야 하지

별꼴

별 보러 간다
나를 끄고
어둠의 심장 속으로

깜깜한 손에
찌그러진
사다리 하나 들고서

별이 오는 길목을
오래 서성이다
바람이 된 네게서
앗은
다섯 칸 사다리

그 끄트머리에
기우뚱 서서
빛나기를 기다렸다

그때 알았더라면

별을 본다고

너를 밟았던

내가

별꼴이었음을

어떤 밥

탁발 나왔다가

길에서 숨진

지렁이 한 분

반 뼘 길이 그 몸뚱어리에

배고픈 개미들

까맣게 달라붙어 있다

죽어 밥이 된

그 한 몸이

무수한 몸을 먹여 살리는 중이다

『시』

백 승 호

한마디

가정과 어버이가 갈 길을 잃은 세상
어쩌다 이 지경 되었는가

약 력

- 월간 《문학공간》(2003) 등단
- 한국문인협회 회원, 「바림」 詩 동인
- 시집: 『한 방울의 물이 되어』(2010), 『골짜기 돌아 돌아』(2019)
- 사화집: 『바림의 시인들』 외 다수

핼러윈의 저주 외 4편

무고한 청춘들의 허무한 죽음 부른
젊은 꿈이 짓밟힌
이태원 마의 길목
잔인한
악령의 횡포
흐느끼는 저승길

어떤 자식 사랑

학교와 선생님이 추락하고 무너지고
가정과 어버이가 갈 길을 잃은 세상
어쩌다 이 지경 되었는가
안타까운 사랑아

공생의 철학

한 알은 날짐승 거
한 알은 벌레 차지
나머지가 농부의 몫
정성으로 심는다
지극한 배려의 손길
깊은 농심 콩 세 알

여유

어떻게 지내냐고
친구들이 물으면
바람이 부는 대로
구름이 가는 대로
신령한
자연 더불어
유유자적 산다네

습관

건강하게 장수하고
부자가 되는 것이
저절로 되는 건가
하루아침 오는 건가
습관이
모이고 쌓여
좋은 열매 맺는다

『시』

이 경 구

한마디

할머니 가신 뒤 아무렇게나 팽개쳐진 베틀
뼈마디 근질거려 얼마나 힘들었을까

약 력

- 《문학세계》(2004) 시 등단
- 중랑신춘문예 입상(2006), 중랑문학상 대상(2021)
- 한국문인협회 회원, 한국문인협회 중랑지부장(8대), 중랑문인협회 고문, 시마을3050 동인
- 시집: 『꽃을 키우는 남자』(2013)

베틀 외 3편

헛간 한구석에
베틀 조각이 먼지 뒤집어쓰고 쌓여 있다
할머니의 전용 살림 밑천
뽕잎 따다가 밤새우는 누에치기에
토막잠 자고 섶에 고추가 여물면
비단실을 뽑아 나른 후 베틀 설치
할머니 일과는 명주 짜는 일이 전부였다
짜맞추기 끝낸 할아버지 담배 연기
방안에 자욱해도 불평 한마디 없이
철커덕 철컥 철커덕 철컥
세월의 수레바퀴를 돌렸다
베틀에 묶인 허리로
몇백 리를 걸어야 겨우 한 필
잉아대가 풀리는 날에도
할머니 허리에서 베짜는 소리는
동네에 울려 퍼졌다
한 세월을 부티*에 묶인 허리로
땅 짚고 걸으신 할머니
당신은 비단옷 한 벌 입지 못하고
식구들 옷가지 몇 벌 챙기고
장터에 나가 쌀과 바꿔 오셨다

할머니 가신 뒤 아무렇게나 팽개쳐진 베틀
뼈마디 근질거려 얼마나 힘들었을까
달밤도 아닌데 철거덕 철컥
할머니 뒤꿈치에 놀아나는 소리
먼 산 위로 퍼져 간다

* 부티 : 베를 짤 때 베틀의 말코(베가 짜여져 나오면 피륙을 감는 대) 두 끝에 끈을 매어 허리에 두르는 넓은 띠

물안개

새벽잠 못 이루고
밤새도록 흐르다 지친
물안개 고단한 몸을 푼다

한 무리 염소 떼 같은 잿빛을
모두 품어 안고 누우면
차들이 그 속으로 뛰어든다

이제 동트는 시간
빛이 어둠을 몰아내어
모두가 한 몸이다
힘차게 흐르는 한강이
큰물인 것은
실개천부터 서로 품어
한몸으로 흘러 온 까닭이다

일찍 일어난 새떼들
가로등빛 지우고
헤드라이트 불빛에 강물을 세워
아침을 열고 있다

동트는 새벽빛은 차량들 틈에서
창가를 비추는 따가운 빛이 되어
물안개를 걷는다

봄날의 상념

석양이 곱게 내려앉는 들녘
풀들이 춤추고 꽃망울이 터지는 시간
눈치 보던 바람이 일렁인다

처절한 몸짓
빛이 기울어 하루를 마감해도
대지는 구석구석 봄기운이 감돈다

생명들이 땅을 밀고 일어서고
붉은 석양이 대지를 감싸는
빛 고운 하루의 끄트머리
끝마무리 접고 분홍빛 연서를 쓴다

뜨거웠던 시절
어떤 꿈을 향하는지 모른 채
운명 같은 인연을 만나
서른 살쯤의 삶이 영글었고

날마다 숨 막힐 듯
하루가 가고 또다시 시작하는
끝없는 걸음

빛과 바람에 맞서는

뜨거운 여정이

내 삶의 열매를 만들어 냈으리라

우수

겨울나무와 마른풀이
어우러진 북한산 계곡
얼음이 녹아 졸졸 흐른다

바위를 파고 흐르는
얼음장물에 발 담궈
머리끝까지 치솟는 섬뜩함 맛보고

돌이끼 사이 뿌리를 뻗은 진달래
가느다랗게 뜬 눈으로
물방울 적시며 탱탱한 모습에 반한다

까마귀 울어대는 골짝
물까치와 어울린 산까치가
제 소리에 맞춰 흥겹고

밤새 내린 봄비에 불어난 물살
바위에 부딪혀 분주한데
꽃망울 터트린 개나리 봄맞이에 바쁜
둘레길 돌계단을 오른다

『시』

장 상 아

한마디

쌀도 가만있으면 생쌀일 뿐
내면의 소리도 기록하며 묘사할 때
밥이 되지

약 력

- 서울특별시의장상(2024), PHILPPINES NSSU EXHIBITION 비평가 대상(2024), 공로훈장증(2023), 뉴욕아트페어 평론가상(2023), 천재문학상(2023), 사이버중랑신춘문예 장원(2005)
- 현)동양문인협회 중랑구 회장, 노벨문학 부회장, 중랑문인협회 회원
- 시집: 『피니지나 꽃이다』(2023국민권장도서)

열애에 빠진 시 외 4편

닭장 같은 날개라고 퍼덕이지 못할까
푸른 불발 서지 않으면 한 발짝 뗄 수 없는 고통
칠흑 같은 훼방을 뚫고 사골 뽀얀 날알들이 바위를 친다
콸콸콸 절망과 우울 좌절의 행과 연이 갈리며
무너지는 성벽(性癖)

조연은 없다

* 성벽(性癖): 굳어진 성질이나 버릇. 선천적 또는 주관적으로 정욕(情欲)의 만족을 지향하는 소질

꽃게

바다가
옷을 벗으면
썰물,

나 잡아 봐라
배고픈 줄도 몰라

미끄러지듯 망둥이 빨라도
예리한 집게발만 할까

속성으로 간다
옆으로 가도

돛

빠르게 신중히 화산처럼,

출발이 곧 능력이다

폭풍우 능력 제아무리 사납게 찢어도

온전히 붙잡아야 할 쉼을 위한

불,

찢기지 않는 화력

손비 밥

쌀도 가만있으면 생쌀일 뿐
내면의 소리도 기록하며 묘사할 때
밥이 되지

쫄깃한 찹쌀밥 구수한 보리밥
영양 만점 잡곡밥
건강을 위한 습관 같은

오돌토돌 콩자반 튀듯
비가 와, 내내 비가 와
뜬눈으로

수박

내가 나에게 후한 것처럼
기다린다
곱지 못한 시선 푸르게 하얗게

초원을 물고 헤엄치듯
구시렁대는
검정 씨 뱉어버리고,

천연의 단물 위로받는
육신의 소중함

『시』

김 미 애

한마디

내가
무엇을 좋아하는지
어떤 취향의 옷을 입는지
어느 것에
관심을 갖고 있는지

약 력

- 계간 《한국작가》(2005) 등단
- 《한국작가》 신인문학상(2005)
- 한국문인협회 회원, 수필가협회 회원
- 시집: 『모퉁이를 담다』

가로와 세로 외 4편

미루었던 건강검진 날
아침부터
곤두선 소리 소리가
심장 밖으로 뛰쳐나왔다

날 선 마음이
뾰족하게 찔리더니
돌연 배가 아팠다

진료실 앞에서 앉아
차례를 기다리는데
기도가 절로 나온다

잔뜩 겁먹었던
검진이 끝나고
별일 없다는 말에
세로로 섰던 마음이
가로로 눕는다
편안하다

꽃샘추위

겨울이 저만치 가다 말고
뒷걸음질 치면서
찬바람 한 가마니 뿌려대고
꽃샘이라는
어여쁜 이름으로 불러 달라지만
얄밉기 그지없다

마음도
옷차림도
봄빛으로 갈아입으려고
옷장문을 열었다 닫았다 하는 게
안 보이는가

여름 가을 지나면 또 만날 테고
미운 정도 정이니
아주 잠깐만 머물다 가라

님도 보고 뽕도 따고

걷기만 해도
포인트가 쌓이고 건강도 좋아지는
캐쉬워크

신용카드 앱
방 한쪽을 열어보면
거기도
보폭마다 포인트가 쌓인다

큰돈 아니더라도
티끌 모아
꽃 몇 송이라도 살 수 있으니
걷는 길마다 꽃길이다

어제는 오십 원
오늘은 사십칠 원
걸음걸음 새어 나오는 웃음에
엔도르핀 꽃 활짝 피어난다

관심

나보다
나를 더 잘 알고

내가
무엇을 좋아하는지
어떤 취향의 옷을 입는지
어느 것에
관심을 갖고 있는지

꼬리에 꼬리를 물고서
집요하게 네게 관심을 갖는
그래서
샅샅이 나를 알고 있는 너는
알고리즘

지금부터
넌
나의 멘토야

맙소사

바삐 걷다
마주 오는 사람과 부딪칠 뻔할 때
오! 마이 갓
갑자기 차가 끼어들 때
오! 마이 갓

얼굴 붉히지 않으며
요즘 흔히 쓰는 외국어
오! 마이 갓

우리 말
오래 전부터 쓰여졌던
'맙소사'는
어디로 사라진 걸까?

『시』

유후남

한마디

보낸 세월만큼
쌓인 옷들
주인의 눈길 기다린다

약 력

- 《문학공간》(2007) 등단
- 중랑신춘문예 입상(2006), 중랑문학상 우수상(2016)
- 한국문인협회 회원, 중랑문인협회 감사, 시마을3050 동인

대청소 외 2편

오래된
생일 선물로 받은 재킷

보낸 세월만큼
쌓인 옷들
주인의 눈길 기다린다

못 버리고 있는 것을
버릴 수 없는 것으로
착각하며 살아온
시간처럼

서운했던 것도
화가 나는 감정도
끌어안지 않고

모두 흘려보낸다

흔들리며 살아온 길

숲속
갈라진 두 길

이쪽을 보고
저쪽을 봐도
두려움만 쌓여 가고

두 눈 질끈 감고
걸어 온 그 길

나에게 주어진 정답이었다

생애 최고로 빛나는 순간

지금

쉼 없이 달려 온
순간순간들

『시』

정 송 희

한마디

너라는 꽃이
봄을 환히 피울 거야

약 력

- 계간 《自由文學》(2007) 시부 2회 추천 완료 등단
- 중랑문학상 대상(2020), 한국방송통신대 「통문」 우수상(2012)
- 한국문인협회, 한국自由文協 회원, 한국문인협회 중랑지부장(9대), 시마을3050 동인
- 시집: 『무지개 짜는 초록베틀』(2014), 『애플민트 허브』(2021)

봄꽃이 내게 외 3편

있잖아

춥고 힘들다고
포기하지 마

지나가는 중이야
겨울이

네 안이 얼지 않게
물을 줘

너라는 꽃이
봄을 환히 피울 거야

조금만 더 기다려

어젯밤 깊은 잠 못 잤구나

얼마나 뒤척이고 어깨를 들썩였을까

이른 아침 들길에 풀잎 젖어 있다
후덥한 여름 초록물 올리는 일이 힘들었을까

아님, 미처 거두지 못한 사랑 있어
떠도는 영혼들 눈물
위로하듯 받아준 것일까

백로 아침
너는 더욱 푸른빛 움켜쥐고 있구나

햇살 천사 날아와
네가 짊어진 눈물 거둬가기를

숲나들e

가평군 유명산 자연휴양림
북두칠성 닮은 친구들과 구불구불 산길 돌아든
유월 초록 숲

아줌마 일곱
지치지 않는 수다에 산뽕잎 하늘하늘 몸 비틀며 웃는다

우 와 우 와
오랜만에 만난 밤하늘 별
이승에 놀러 온다

한여름밤 마당에 쑥 모깃불 피우고
멍석에 누워
옛날이야기 도란도란 들려주시던 우리 할머니
어느 별이 되셨을까

뒷목이 아파져 올 즈음
눈부신 별 하나 내게 다가왔다

어둠 속에서도 할머닌
나를 지켜보고 계셨구나

공해 덮인 도심 하늘
안개 속 가려져 잊고 있던
마음 포근한 별
유명산 숲나들e에서 만났다

걱정 없이 지내기로 했다

온열에 스러지다

지구 닮은 전구
서릿발 같은 빛이 감쪽같이 사라지다니

갑자기 들이닥친 어둠탱크
동굴 속 박쥐처럼 정지선에 매달려 있다

알게 되었을까

쉼이 있을 때
빛을 밝힐 수 있는 것을
밝게 웃을 수 있는 것을

필라멘트 마른 몸이 쉬고 싶다고
까만 쉼표 줄줄이 흔들고 있다

새색시 같은 전구 감싸 쥐고
내 동굴 속 어둠 밀어낼
뜨거운 감정의 빛 동글동글 돌려본다

수줍은 듯 일어서는 빛
머릿속
다시 환하다

『시』

정 여 울

한마디

금줄 은줄 엮으며
설마설마
조마조마

약 력

- 계간 《自由文學》(2009) 시부 2회 추천 완료 등단
- 중랑신춘문예 입상(2007), 중랑문학상 우수상(2017)
- 한국문인협회회원, 시마을3050 동인

봄은 봄이다 외 2편

길가 개나리 가느다랗게
연노란 눈을 뜨고
조붓한 화단마다
팬지가 몰곳몰곳 모여 앉아
하양 빨강 보랏빛 웃음

넓은 공원 운동 기구에선
노인들이 굽은 등을 펴고
봄을 들이킨다

꽃샘바람은 차가워도
햇살밥 듬뿍 먹고
부풀어 오르는 가슴

겨우내 움츠렸다 털고 일어나
두 팔 힘껏 벌리며
다시 날개 펼치는 한나절

너에게도 나에게도
봄은 봄이다

부부는 로또다

두 심장 하나로

금줄 은줄 엮으며
설마설마
조마조마

같은 곳 바라보나
서로 다른 속마음

좀처럼
좁혀지지 않아

오늘도
맞춰 보려 애면글면

무한리필

메뉴판에 써 있는 무한리필

먹고 또 먹고
얼마나 먹어야

양이 차면
다신 돌아보지 않는

함박꽃 웃음으로
두 팔 벌리고 달려와
가슴속으로 품어드는
초롱한 눈망울

퍼주고 퍼주어도
아깝지 않은
내리사랑

무한리필이다

『시』

조 금 주

한마디

저토록 화려하게
흩날리는 눈꽃을
누가 벚꽃이라고 하는가

약 력

- (사)대한민국 《국보문학》(2010) 등단
- (사)대한민국 《국보문학》 신인상 수상
- (사)한국환경관리사 문학 최우수상, 2024 대한민국 미래창조 대상
- 시집: 『어머니 당신은 꽃』
- 공저: 『때때로 누구라도』, 『내마음의 숲』, 『첫만남의 기쁨』, 『그리움의 끝』

나의 언니라서 외 3편

하늘 아래
언니라서 손을
내밀어 잡아주고

땅위 언니라서
등을 빌려주고
무거운 어깨로

봄맞이 봄꽃처럼
아름다운 향기
뒷모습의 자태
넋을 잃고 맙니다

엄마꽃

창호지 문틈 사이로
거친 바람이 불어오면

심장을 뚫고
엄마 품속으로 다가온 바람
툇마루에 향기 한자락 펴놓는다

문뜩 찾아오는 외로움도
내 옷처럼 곱게 갈아입는다

아픔과 서러움
가슴앓이
엄마 정원에서 노닐다
엄마꽃은 웃고 울고 있다

벚꽃 예찬

청순한 봄날
고운 햇살과 손잡고
하얗게 뿌려진
꽃잎 오솔길

저토록 화려하게
흩날리는 눈꽃을
누가 벚꽃이라고 하는가

여인의 향기로운 치마폭에
벚꽃이 앉아
한 올 한 올 수를 놓는다

장미꽃 당신은

엄마 닮은 향기가
그리운 맘
한 스푼 휘저으니

불타는 사랑의
이름으로

빛나는 태양을
삼켜버린
천만 송이 장미꽃

당신은
엄마를 닮아
그토록 예쁜가 봐요

『시』

권 재 호

한마디

나는 어디쯤인지
그 깊이를 모른다

약 력

- 《자유문학》(2012) 등단
- 한국문인협회 회원, 자유문인협회 회원, 시마을3050 동인
- 공저: 『소리없는 계절』, 『찔레꽃 잠깐 피었을까』

홍시 외 2편

단감의 시간이 간다

늦은 가을 따스한 날씨에
얼마나 익었을까?

가을 지나
초겨울이 오면
말라갈까?

혹한이 와
겨울 햇살에
꼬실 꼬실 간다

거뭇거뭇 홍시 삭아 내리면
땅에 떨어져 영혼으로
다시 태어날 윤회의 길

나는 어디쯤인지
그 깊이를 모른다

꽃이 진다

활짝 피어 떨어지는 벚꽃
순간의 아름다운 흔적 남기고 간다

돈, 신뢰, 사랑…
꽃 떨어지듯

빈손으로 가는
환생길

아무것도
내 것이 아니다

등 기대어 서서

손전화 두 대

책상 위 세워 본다

세워도 세워도 넘어진다

둘 사이에 충전기 끼워 놓으면

등 맞대고 선다

각자의 영상을 보는 디지털 부부

밀고 당기는 힘이 적당해야

무너지지 않는다

『시』

윤 숙

한마디

눈부셔라
메마른 가지 뚫고
울음을 삼킨 것들!

약 력

- 《자유문학》(2013) 등단
- 중랑문학상 우수상(2018)
- 한국문인협회, 자유문인협회 회원, 시마을3050 동인
- 공저: 『소리없는 계절』, 『찔레꽃 잠깐 피었을까』

산수유꽃 외 2편

눈부셔라
메마른 가지 뚫고
울음을 삼킨 것들!

노랗게 앙다문 입술로
몽울몽울 매달리는
소녀 시절 그리움이다

감춰도 감출 수 없는
사랑의 속삭임이다

너도 된장

불은 메줏덩이와 소금물 메줏가루
버무려놓은 긴 기다림이다

된장이 되기까지
파도에 뾰족돌이 깎여 몽돌 되듯
떫고 쓰고 짠
새파랗게 날 선 것들
비바람 몰아치는 태풍의 벽을 넘어야 산다

살아간다는 것
나를 버려 너와 하나 될 때
새로운 우리가 되는 것을

한 겹 한 겹 벗으며
낮아지고 비우고
가슴 속 시린 삭풍 훌훌 털어 낼 때
비로소 받아들이고 어우러지는

된장은 삶이다
인생이다

멀미

화르르
기습적으로
개나리 진달래 벚꽃
흔들어 깨우는 바람

그리움과 반가움
환희 뒤에 오는 아쉬움

눈부신 알 같은 삶과
묵언의 죽음도
봄꽃 같아
한바탕 꿈인 것을

문득
창밖의 꽃잎
와르르
사라지는
찰나의 어지러움

『시』

정 병 성

한마디

바람 불어 몸 안에 숨 쉴 때까지
조금만 더 크게 웃기로 했다

약 력

- 《우리詩》(2015) 등단
- 중랑신춘문예 시 부문 수상(2010), 중랑문학상 우수상(2020)
- 우리시회 회원

달빛에 외 3편

아마도 달 뜨는 시각은
당신이
내게로 오는 시각일 거다
달 지는 시각은
당신이 당신에게로
돌아가는 시각일 거다
우리의 작별은 달빛으로 머물러
벌써 몇 해인지
우리 마주하는 날엔
달 뜨고 달 지고
아마도 까만 하늘에
희망은 각자 얼마나 먼 곳에서
걸어오는 것인지
엊그제 눈물은
창틀에 수면처럼 타들어 가고
하늘을 붙잡고
달빛에 시인들이 했던 말
사람은 나무 그늘에
새가 되리니

달빛은 죽은 가슴에 나를 잊은 적 없다
나는 죽어 달빛이 되지 않아도 좋다

꽃

바람 불어 몸 안에 숨 쉴 때까지
조금만 더 크게 웃기로 했다

숨 쉬는 자의 소망은
절정을 사모하며 쏟아지는 빛에 이른다

지상의 떨림 하나
날 잊은 적 없다
그러므로 꽃은 핀다

눈가에 숨어든 빛
모아서 터질 때까지
조금만 더 크게 웃기로 했다

연인들 웃으며 행복하게 살자고 했던
그대들 무덤 앞
나는 향기가 되기로 했다
나는 꽃잎이 되기로 했다

꽃잎은 결국 외로운 사람들의 빛무덤이다

눈동자

개구리알을 상상하다가
눈동자라고 적는다

까아만 눈동자들이
알을 깨고 나오면
웅장한 울음소리에
볏모가 쑥쑥 자라고

초심이 초롱초롱 열리는
신비한 여름밤

혼돈을 향해
울다가 웃다가
개구리 기도자세로 괴로웠던
어느 밤

별들이 차분차분
눈동자에 내려앉았던 기억

별빛에

우리 가까이
손끝 닿아도
그냥 바라보기만 하자

그대에게
욕심의 불꽃 오르면
별빛은 다시
내리지 않을 테니까
우리 점점
손끝 닿아도
그냥 욕심 없는 사랑만 하자
별과 별은 서로
바라보고 있을 때 빛이 나니까
별빛 식으면
돌아가기 어려울 테니까

너무도 빠른 너와의 이별은
이토록 찬 새벽을 사랑하게 하는지
미안하다
그만 잊기로 하자

『시』

전 소 이

한마디

오늘이 마지막 날이라 생각해 보라
욕심은 부질없고 가진 것도 헛되다

약 력

- 《문예비전》(2017) 등단
- 중랑문학상 우수상(2022)
- 대한민국미술대전 서양화 부문 입선(2011)
- 한국문인협회 회원, 울타리 동인

동상이몽 외 4편

무릎이 닳아 시큰거린다
좀 걸으면 허리도 아프다

병원에서
지팡이에 의지한 사람들 바라보다가
그만 서글퍼져 돌아서는 나에게

남편이 말한다

허청허청 걸어도
이만하면 복 받은 사람이라며

씨익 웃는다

갯바위

뻘밭에 바윗덩이

세찬 파도에 할퀴고 깨져 몰골사나운
만신창이

오랜 시간
잔물결에 다듬어져

무상의 돌부처
포효하는 사자
석양빛에
금방 걸어 나올 것만 같다

천년을 살 것처럼

미래를 걱정

근심으로 가득 차
도전에 도전을 하고

친구도 없이 혼자 밥을 먹는다

우리가
올 때 무엇을 가지고 왔던가
갈 때 무엇을 가지고 가던가

오늘이 마지막 날이라 생각해 보라

욕심은 부질없고
가진 것도 헛되다

고향 집

눈 감고도 찾아드는 집

들국화라 우기던 쑥부쟁이 핀 고샅길 따라
하늘색 나무 대문 들어서면
땅따먹기하던 안마당
내 발길에 나뭇결이 더 선명해진 마루

얼마 만인가

그땐
어머니가 계셨는데

이젠 어머니보다 더 흰머리 이고
찾아가는 집

시간이 더 필요하다

말로는

잊어버리마 하고
이제는 아주 잊었노라 해놓고

지하철 안에서

낯익은 샴푸 향기에
눈물이 핑

아직도
나에게 흘릴 눈물이 남아 있구나

『시』

김 종 화

한마디

잔뜩 날을 세운 바람이
길모퉁이를 사납게 할퀴고 지나간다

약 력

- 중랑문학신인상 최우수상(2021)

산사 가는 길 외 1편

가을이 진 자리엔
빈혈 같은 겨울비가 서성이다 가고
그대 혹독한 이념처럼
잔뜩 날을 세운 바람이
길모퉁이를 사납게 할퀴고 지나간다

산사 가는 길엔
나뭇가지 사이로 수척해진 하늘이 낮게 걸려 있고
누가 놓치고 간 것일까
까만 비닐봉지 하나가 길옆 잡목에 걸린 채
파르르 떨고 있다

무(無)

산에서는 모든 것이 산이 된다

햇살은 산으로 내려와 산이 되고
바람은 산으로 불어와 산이 되고
길은 산으로 들어와 산이 된다

산에는 산이 있을 뿐
간밤에 잠을 설치게 했던 소나기는
그저 물소리만을 키웠다

『시』

김 미 란

한마디

헛되게 되어 버린 바람의 꿈
숨결이라도 제 곁에 있게 해주세요

약 력

- 중랑문학신인상 우수상(2023)

아버지를 떠올리며 외 4편

지방에 계신 엄마는 전화를 통해
“너희 아버지 팔이 아파 수술해야 한다” 하신다
그 말에 “우리 집에 오셔서 치료받아요” 했다

망우리 병원에서 힘줄 수술하고
재활치료 받을 때마다 주변을 운동 삼아 다니며
은행나무가 많아 좋아했다

그 모습은 생기가 넘쳤고
나도 덩달아 기분이 좋았다
서울 수돗물조차 보약처럼 여겼던 아버지

어둑어둑 해가 질 때면
검은 봉지에 담고 온 황도 꺼내
껍질 벗겨 챙겨 주신 유년의 아버지의 손길

가신 날 떠올릴 때면
안타까운 마음에 가슴이 아린다

용마산의 메아리

용마산 돌산 공원 아래
몇 채 안 되는 1340번지 작은 쪽방
신혼 단꿈 꾸기에 충분했다

첫아이 낳을 때 주인아주머니는
아침마다 아이 보러 오시면
"내 딸과 나이가 같은데 애가 애를 낳았구나"
기특하다 하셨다

용마폭포공원 갈 때면
내 아이 손잡고 안아 주던 숨결
따스하게 전해 온다

그때 그 시절
온정으로 감싸 주던 아주머니의 음성은
용마산의 메아리로 들려온다

떡국 예찬

새해 아침
온 가족 모여 먹는 떡국은
정성을 먹는다

끓이는 손길엔 사랑 전하고
멸치 육수에 소고기 굴 김 계란의
재료들이 조화롭게 안긴다

한 살을 더하는 의미
둥글둥글 살자는 듯 둥근 모양의 떡국
부드러운 목 넘김은
한 해 동안 잘 풀리는 바람의 마음

해마다
뜨거운 마음의 온도로
지펴 끓인 새해 떡국 한 그릇
함께 나누어요

바람의 꿈

망각의 기억 품고
누워만 계셨던
우리 엄마

보고픈 마음
한 걸음 달려가 마주한
달콤한 온정

언제까지나 곁에 두리라
맹세의 노래 부르지만

헛되게 되어 버린
바람의 꿈
숨결이라도 제 곁에 있게 해 주세요

봄 마중

겨우내
얼어붙은 대지 녹아
움트는 봄

메마른 가지
용기 내어 새싹 틔우고

청명한 나무 아래
옹기종기 모여
재잘재잘 노래 부르는 참새

따스한 햇살은
완연한 봄이거늘 꽃샘추위에
몸살을 앓네

시린 아픔 떨구어 낸
매화 목련 개나리 진달래의 움튼 몽우리가
벌써 내 마음 병아리 솜털로 피어나네

『시』

류 병 도

한마디

오랜 세월 현관 앞 라일락꽃 마주칠 때마다
내 마음은 정겹고 평온하다

약 력

- 중랑문학신인상 우수상(2023)

엄마의 강둑 외 4편

언덕에 앉아 강둑 바라보며
시장 간 우리 엄마 기다린다

동구 밖 내려오는 산들바람
들가에 핀 꽃잎 날리고

제비꽃 파르르 날개 짓는 노을
저편 엄마의 강

코흘리개 어린 남매의 검정 고무신
닳게 한 기다림은

달빛 머리에 이고 오는
엄마의 강둑

이웃 품은 라일락

오랜 세월
현관 앞 라일락꽃 마주칠 때마다
내 마음은
정겹고 평온하다

꽃잎 향기
바람에 너울너울
춤을 추니
달보드레한 향기에 취하고

봄 햇살 내리쬐는
박새와 직박구리도
가지 위에 앉아
웃음 보낸다

온 동네
사랑의 숨결로
이웃 품은 라일락 향기는
훨훨 날린다

할미꽃

할머니 떠난 자리
함초롬히 핀
보랏빛 할미꽃

허무한 세월
찌든 육신의 상처 없는
영면의 쉼터

아옹다옹 끓이던
애환 사라진
내 할머니의 흔적
영혼의 꽃

소주 한 병

추운 날
알콜 냄새 풍기며
한탄의 고름 짜낸다

생활고 쏟아내는
뿌연 안개의 입김
몽실몽실 쏟아 채우는 술잔

잔 기울일 때마다
삶의 여정의 애환이
곰삭혀든다

맑은 세상에도
냉정하고 시린 나날
땅 발 디딜 때

독거노인 되어 비우는
소주 한 병

두 발 낙타가 된 배낭

차마 품을 수 없어
등에 업자
숨죽여 따라오는
무덤 하나

오롯이
산을 향해
생의 거친 숨소리 듣는다

가는 곳곳마다
의지와 상관없이
삶의 동반자 된
두 발 낙타가 된 배낭

『시』

박 숙 희

한마디

지나온 세월
봄날일 때도 있건만
유난히 슬픈 생각만
데굴데굴 굴러온다

약 력

• 중랑신춘문예 우수상(2023)

아버지의 자전거 외 4편

장날이면
먼지 폴폴 뿜어내는 황톳길을
하얀 모시옷 입고
아버지는 자전거를 타고 가신다

우연히 만난 친구들과
반가움에 건네는 막걸리 한 사발
시간 가는 줄 모르고

서산마루 걸린 해
애타게 기다리는 마음 뒤로 한 채
술에 취해 흥에 겨운 아버지 자전거는
애환을 안고 돌아온다

폴라로이드

눈비가 빗발치는
산등성이 돌밭길을
허겁지겁 걸어가는
겨울아

눈꽃 피워
영혼의 멜로디 켜준 추억
폴라로이드 저장해 두었어

해년마다 찾아와
백설 향연 안겨준 겨울아
정말 고맙다

저녁노을 된 사촌 언니

늦은 가을
내가 혼인하던 날

멀리 찾아와 행복하게 잘 살라
손잡아 주던 사촌 언니

가난이 문지방 넘나들더니
남편 잃어버리고

산 세월
병든 육신 어두운 그림자 밟고
저녁노을이 되었네

봉선화

부모님 둥지 떠나
세상 첫걸음 나설 때
울 밑에 봉선화도
서러워 울었다

눈물 마르기 전
완행열차는
꼬리를 산굽이로 돌려
고향 산천은
줄달음쳐 사라져가고

용산역
홀로선 어둠이
낯선 눈빛으로 나를 감싼다

부모님 둥지 떠나
울고 웃던 타향살이
세월의 흔적 지운다

무수한 상념

잠 못 이루는 밤
뒤척일 때마다

스멀스멀 올라오는
무수한 상념들

지나온 세월
봄날일 때도 있건만

유난히 슬픈 생각만
데굴데굴 굴러온다

눈물로 골이 진
불면의 밤

가슴속 응어리 풀어낸다

『시』

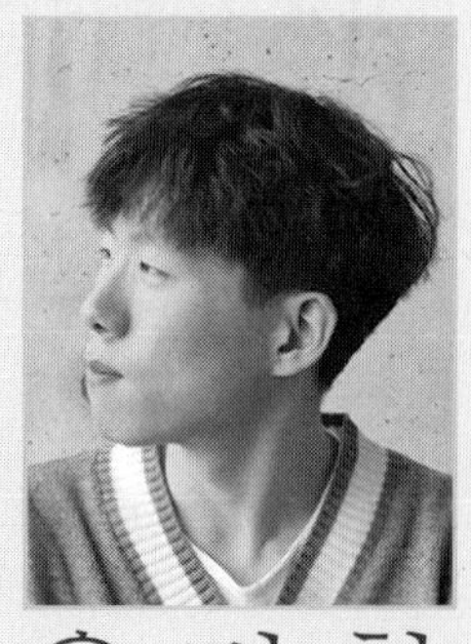

유 건 창

한마디

텁텁한 혀를 달래주는
달달한 맛을 씹으며
심심함을 달랜다

약 력

- 중랑문학신인상 최우수상(2023)

시간 속에 머문 외 4편

이러다 어떻게 될까
어찌 돼있을까

시간이라도 늦추면 좀 나아질까
허나 택도 없는 일
나로서는 힘에 부치는 일

시간 때문에 아파한다면
시간을 벗어나야 한다
허나 참아야 하는 일

시간 때문에 계속 두렵다면
시간 때문에 계속 망설인다면

시간의 강물에 몸을 던져
수많은 물결 따라가보자

어느새 나도 모르게
시간 속에 빠져든다

씹는 껌

치지직거리는 바보상자
웅성웅성
수군수군

텁텁한 혀를 달래주는
달달한 맛을 씹으며
심심함을 달랜다

단물이 빠지자 다른 껌을 찾는다
어찌 알았을까
곧 다른 껌을 씹는다

순간 풍겨오는 비릿한 피 냄새
내 입조차 풍겨온다

검은 중독

투명 유리벽 앞
건너편을 바라본다
망상의 유토피아

그곳 가고파
유리에 손을 댄다
점점 미끄러지는 손가락
멈출 수 없는 손짓

손 따라 내려가는 눈동자
더 잘 보려고 눈에 힘을 준다
피가 쏠리고 눈물이 맺힌다

손가락은 검은 다섯 줄기 되어
벽에 눌러붙는다
눈에 흐르는 검은 눈물
머리에는 검은 빗물 추적인다

지하철 7량 창고

노란빛이 떠오르는 때
쫓기듯 달음박질하는 사람들
자기가 일등하려고 안달이구나

붉은빛이 저무는 때
한창을 불태우고 나가떨어지는 사람들
보금자리로 돌아가려 안달이구나

파란빛이 만조한 때
시간에 취해 엳어지는 사람들
어디 가는지도 모른 채 헤매는구나

제각기 다른 이유로
지하철에 몸을 실어 나른다

너와 나의 벽

이 세상 태어나
오롯이 혼자였던 시절 지나

수많은 얼굴들
내 곁을 스쳐간다

따뜻하기도 하고
차갑기도 하고
쓰리기도 하던
수많은 그림자

그러다 우연히
언제 어디선가
너를 만난다

너와 하나가 되고파
너에게 다가간다

그러나 나는 나고 너는 너
나라는 껍질과 너라는 껍데기가 있기에
같아질 수 없다

그럼 너를 떠나야 할까
아니 그건 아니야

알면서도
오늘도 너와 함께한다

『시』

유 지 우

한마디

겨울나무처럼 생은
비스듬히 서서
발끝에 힘을 주며 살고 있다

약 력

- 중랑신춘문예 장려상(2023)

추억의 고향 외 4편

해맑은 햇살 내려앉은
남도의 바닷가 언저리
백옥 같은 모래 위에
발가벗고 멱 감으며
뛰어놀던 개구쟁이 아이들

해가 뉘엿뉘엿 서산에 걸리면
어느 틈새 부지런해진 고사리손들
굴 따고 바지락 깨는 아이들

어쩌다 눈먼
낙지 몇 마리 잡은 날이면
운수대통한 날 개선장군처럼
구름 위를 걸어서 집으로 온다

단풍잎

저 산을 보라
걸작품의 그림이
걸려 있다

일교차가 심한
가을 햇빛에
한껏 달아오른
절정의 오르가슴에
단풍잎들의 반란

오색 띠 두르고
자진모리장단에
바람난 단풍잎들
화려하게 등장한다

핏빛으로 물들은
단풍잎 하나 들고
죽었는지 살았는지
진맥한다

물방울

어두워진 하늘에
소낙비가 왁자지껄
내리더니
서로 무리를 지어
바다를 찾아 서둘러
떠나가고

낙오된 맑은 눈동자들
힘없는 일용직 노동자처럼
유리창에 매달려
나를 들여다보고 있다

인정 없는 유리벽에
애원하는 힘없는 표정
잡아 줄 수 없는 내 손
서로 빤히 쳐다보고
침묵이 흐른다

절벽에 서 있는 겨울나무

찬 겨울바람 절벽의
맨발로 서 있는 겨울나무
앙상한 뼈만 남은 어깨로
비와 바람을 채색하며
생존과 파멸을 공존하고 있다

미끄러지지 않게
힘줄을 주어 모서리에
다리를 걸어놓고
힘의 균형으로 터득한 듯
비스듬히 수십 년간 서 있다

살다 보면 우리들도
난간을 붙잡고
안간힘을 다해 힘을 썼던 일들
겨울나무처럼 생은
비스듬히 서서
발끝에 힘을 주며 살고 있다

해돋이

멀리서 바라보는
두 선이 포개져
뜨거운 열애를 한다
경계선이 없이
뜨거운 열애를 하고 있다

하나가 되어 있는
요동치고 있는 바다
긴 신음을 하며
해맑은 아해를 낳고 있다

『시조』

이 형 남

한마디

가지 끝
청영요풍(淸影謠風)이
임인 듯 나를 안네

약 력

- 《시조시학》(2011) 신인상 등단
- 중랑문학 우수상(2017), 열린시학상(2018), 제7회 한국가사문학 대상(2021)
- 열린시학, 중랑문인협회 이사, 시조시인협회 회원
- 시조집: 『쉼표, 또 하나의 하늘이다』, 현대시조 100인선 『꽃, 광장을 눙치다』
- 동시조집: 『나무 이발사』
- 가사시: 『설산(雪山)을 사다』

그리움에 소리를 더하다 외 1편

으밀아밀 쉼 없는
죽림고사(竹林高士) 달그림자

봄빛 짙어
더 푸른 대숲
그도 이 밤
명상에 젖나

가지 끝
청영요풍(淸影謠風)이
임인 듯 나를 안네

공존(共存)
— 갈라파고스 어시장

펠리컨 부리 주머니 난바다가 출렁인다

흰 파도 풍경 되는 좌판에 긴 목 빼고 기다린 어미 펠리컨과 바닥을 배밀이하며 쓸고 다닌 물개들에게 하루치 삶이 너울거려 기회 엿보나 갸우뚱거리며 어부가 버린 모든 것들 깡그리 다 치워 주는 고마운 이웃들

긴 목의 저울질에는 하늘이 푸르다 붉다

『동시』

서 금 복

한마디

폭포 소리보다 더 신나는 축제의 노래
동네 사람들 박수와 환호에 맞춰
단풍들 춤을 춘다

약 력

- 《문학공간》 수필(1997), 《아동문학연구》 동시(2001), 《시와시학》 시(2007) 등단
- 우리나라좋은동시문학상(2018), 한국수필문학상(2022) 등 수상
- 한국문인협회 중랑지부장(7대), 현재 《한국수필》 편집장
- 수필집: 『수필 쓰기에 딱 좋은 사람들』 외 2권,
- 동시집: 『상봉역에서 딱 만났다』 외 4권
- 시집 『세상의 모든 금복이를 위한 기도』

둘 다 좋다 외 4편

— 중화역

— 오리는 걸을 수도 있고 뛸 수도 있고 날 수도 있대.
난 오리처럼 뭐든지 잘하는 애가 되고 싶어.

- 오리는 걷고 뛰고 날지만 잘하는 게 하나도 없대.
난 오리처럼 되고 싶지 않아. 한 가지라도 잘하는 애가 되고 싶어.

* 중화: 원래는 가운데[中] 마을 아래쪽[下]이라는 뜻이었는데 주민의 건의로 화목을 뜻하는 화(和)자를 넣었다고 해요.

상봉역에서 딱 만났다

— 상봉역

검색! 검색!
민수는 만날 검색만 한다
조별로 숙제하느라 전시회 다녀오는데
아까부터 검색한다
전철을 어떻게 타야 빨리 집에 가는지…

짧게 두 번 갈아 타는 게 좋은지
빙 돌더라도 한 번 갈아 타는 게 좋은지
그거 따지다 시간 다 보낸다

한마음 조가 둘로 갈라졌다
빨리 가는 게 좋은 사람, 민수 편
늦게 가면 어때, 한 번 갈아타는 게 낫지, 내 편

출발!
그랬는데 어떻게 됐냐고?
우리 동네에 있는 상봉역에서 딱 만났지 뭐

전시회 둘러보며 즐거웠던 기분은
어디서 헤매고 있는지
아직 도착하지 않았고…

*상봉: 조선시대부터 있던 상리와 봉황동을 통합하여 만든 동네이지요.

닦아내기

– 면목역

동생과 말다툼하다 건드려서
엄마가 아끼는 커피잔을 깨뜨렸어요
손잡이가 떨어져 나가면서
돼지코와 뻥 뚫린 입이 생겼어요

엄마가 말없이 커피잔에
허브를 심고 물을 부었어요
커피잔 입으로 흙물이 졸졸 나왔어요

동생은 우와! 우와! 소리치는데
나는 말없이 흙물만 닦았어요

동생에게 쏟아낸
흙물 같은 말을 닦아냈어요.

* 면목: 조선시대에 말목장이 있었다고 하네요.

학생이면 좋겠네
— 사가정역

어젯밤 열이 높아서 응급실에 다녀온 엄마
기침을 업었는지 끙끙 앓는 소리가
내 방까지 들렸는데

어제와 똑같은 시간에 일어나서
휘청휘청 세수하고
비틀비틀 옷 갈아입는다

-오늘 같은 날은 학생이면 좋겠네.
 선생은 맘대로 쉴 수도 없고….

그날 우리 반 애들은 세 명이나 결석했다
열 높고, 기침 심하고, 몸살 났다면서.

* 사가정: 조선시대의 학자인 서거정의 호랍니다.

용마산 가을 축제

– 용마산역

우리나라에서 가장 큰 폭포
채석장 돌 깨던 소리가
흥겨운 폭포 소리로 변했다

폭포 소리보다 더 신나는 축제의 노래
동네 사람들 박수와 환호에 맞춰
단풍들 춤을 춘다
용마산 달과 함께

용같이 생긴 말이 달 속에서 뛴다
울긋불긋 가을 속으로 들어간다
둥실둥실 가을과 춤을 춘다

* 용마산: 예전에 용마가 나왔다 하여 이름 붙여졌다고 해요.

송 재 옥

한마디

빛을 더듬어 봄을 길어 올린다
눈부신 시간은 어디서든 출렁인다

약 력

- 《순수문학》(2000) 등단
- 중랑문학상 대상(2010), 이병주하동국제문학제 등 다수의 디카시 공모전 입상
- 현재 중랑디카시인협회 부회장

살찌는 봄 외 4편

우주의 성찬

공손히 받든 너는

내 영혼의 밥을 차리는구나

지운 자리 바람 들고

세상의 때 좀 묻었던들

햇살 밝은 날 있으니
바람 부드러운 날 있으니

겨울비

적셔서 언 것을 녹인다

검은색을 풀면
빨강 파랑 노랑
봄이 온단다

빛나는 어둠

고요하고 깜깜한 새벽

오기 전 빛을 예감하는
가장 밝은 어둠의 눈

간절하게

빛을 더듬어 봄을 길어 올린다

눈부신 시간은 어디서든 출렁인다

『디카시』

정 점 심

한마디

아버지는
태산 같았던 든든한 버팀목이셨고
사계절 푸른 나무셨다

약 력

- 《문학저널》(2006) 등단
- 중랑문학상 우수상 수상(수필)(2023)
- 글빛나래 수필 동인, 한국디카시인협회 서울 중랑지회 정회원
- 공저: 『꽃의 비밀』, 『중랑디카시』 외 다수

십오야(十五夜) 외 3편

시린 가지 끝 은빛 바람 끌어모아

새봄 생명을 잉태하는

나무의 지혜

달빛 아래 서면

어머니 품처럼 평온하다

사랑 역

바람에 흔들리며
활짝 드러난 속살 보게나

허공에 춤추며
따라오는 고운 향기

벌 나비 부르는 여인들의 맛집

부정의 세월

삶의 무게로 굽은 허리
전쟁 상흔으로 구멍 난 무릎

태산 같았던 든든한 버팀목
사계절 푸른 나무셨다

노을 속으로

잘 익은 홍시 하나
서쪽 봉우리에 걸렸다

누구도 딸 수 없지만
누구나 넘어야 하는

우주의 생명력

『수필』

박 남 순

한마디

지중해 바닷가 가이사랴의 바람이 내 남은 인생에서 은혜의 추억으로 가끔은 마음속 답답함을 달래 주기를 기대한다.

약 력

- 《순수문학》(2001) 등단
- 중랑문학상 대상(2013)
- 한국문인협회 중랑지부장(6대), 한국문인협회, 한국수필가협회 회원, 신내복지센터 글쓰기강사
- 수필동인 글빛나래, 목우수필문학회 동인
- 수필집: 『세월의 숲』(2014)

신앙의 고향 외 1편

성지순례 3일 차다.

어제는 오후에 예수님의 고향인 나사렛에 갔다. 그곳에서 예수님은 어린 시절을 지내시며 이방인들을 많이 만났을 것이다. 나사렛은 아직도 조용하고 조촐한 도시였다. 마리아의 생가터와 목수 죠셉의 생가터가 있다. 그 집터에는 교회가 세워졌지만 마리아의 생가터 교회에 비해 죠셉의 생가터 교회는 소박하다. 그 시절 시골 마을 처녀가 별안간 잉태 고지를 받아 당황했을 마리아와 그것을 묵묵히 받아들인 약혼자 죠셉의 순종심을 경애한다. 임신한 몸으로 마리아와 죠셉은 호적을 하러 베들레헴까지 갔을 텐데 지금도 그 지역은 산악 지역이라 길이 척박하다.

3일 전 성지순례를 오던 날 다녀온 예수님 탄생교회가 있는 베들레헴은 팔레스타인인들이 소유하는 지역이라 약간의 통제를 받으며 들러보았지만 조금은 낯설었다. 그들 나름의 정신없는 치장이 편치가 않았다. 그 후 예수님이 부모님을 따라 나사렛에서 지상 생활의 유년기를 보내신 곳이라 하니 그 산하가 아직 거친 광야이고 호사롭지 않지만 마음만은 따스했다.

오늘은 안식일이라 함께 순례 중인 교우들과 간단한 예배를 드리고 호텔을 출발했다. 베드로의 고향 가버나움을 가는 날이다. 어젯밤 갈릴리 호숫가 숙소에서 바라본 갈릴리 호수가 바다처럼 넓어서 놀라웠다. 호텔 테라스에서 바라보니 바람도 시원하고 마음도 평안하다. 성지순례 중이라서인지 평안하여 잠을 푹 잤다. 아침에 창문으로 갈릴리 호수를 바라보며 이곳에 있음을 감사하며 오늘 일정을 기대했다.

제자를 성임하신 갈릴리 바닷가를 가기 전 가는 길에 있는 헤르몬산으로 갔다. 오는 길목은 광야인데도 이 산에만 수량이 많아 급물살을 타고 흐르는데 폭포처럼 쏟아져 흐른다. 이곳의 수량으로 이스라엘의 식수와 농수를 충분히 대고 있다 한다. 계곡을 다녀오며 역시 약속의 땅이고 축복의 땅이라는 생각이 들었다.

점심시간에 갈릴리 호숫가로 갔다. 베드로와 안드레 등 제자들을 삼으시고 성역을 베푸시던 곳이다. 그곳에서 베드로의 순종심을 보았다. 하던 어부 일을 던져두고 예수님을 쫓았던 그 믿음과 신앙이 크고 우직하다. 아직도 그곳에는 일명 베드로 물고기라 하여 순례객들에게 그 호수에서 잡은 물고기를 점심으로 먹을 수 있게 해 주었는데 담백하고 맛있었다. 호숫가 근처의 베드로교회는 사람들로 혼잡하여 입구에서 간단한 기도를 올리고 나왔다.

조금 더 위쪽으로 오르니 오병이어교회가 있다. 그 예배당에는 예수님이 사용했을 것과 같은 상징적인 제단과 빵을 담았던 광주리와 물고기 두 마리 그리고 빵 모양의 모자이크가 바닥에 선명하게 남겨져 있다.

안내를 해주는 분이 예루살렘에서 성역을 하시는 분이기도 하여 안식일 예배를 보기로 하였다. 일행은 갈릴리 호수가 내려다보이는 언덕으로 올라가서 광야 같은 들판에 앉아 예배를 보았다. 종파와 상관없이 그 예배에 참여하면서 예수님 시절의 '오병이어'를 목격한 백성들로 돌아갔다. 여러 학자들이 그 언덕을 주님께서 가난한 백성들에게 '오병이어'의 기적을 베푸시고 '산상수훈'을 주시고 성역을 베푸시던 언덕일 것이라 추측하고 있다. 그곳에서 소년이 가져온 보리떡 다섯 개와 물고기 두 마리의 상징적 의미는 가난한 백성들이 먹었던 보리떡을 가지고 지위 고하를 막론

하고 모든 백성에게 골고루 먹이심으로 백성들 누구나 그리스도 앞에서는 평등하고 사랑임의 증명이다.

갈릴리를 등지고 앉아 말씀을 하시면 백성들은 그분의 음성을 직접 듣고 얼마나 감동했을까? 그 상상을 하니 그 언덕에서 쉽게 내려오고 싶지 않았다.

그다음은 베드로의 고향 가버나움으로 갔다. 그 고장은 남아 있는 유적으로 보아 부유한 지역임을 금방 알 수 있다. 주거 형태가 잘 남아 있다. 제사장의 집터나 베드로 처가의 집터라는 곳에는 지금 정리하여 사람이 살아도 될 것처럼 유적이 고급스럽다. 그 가버나움 회당 터에서는 지금도 예배를 순례객들이 본다고 한다. 남아 있는 주거 형태로 보아 대가족을 이루고 몇 대가 함께 모여 살았던 것 같다.

그분들의 고향을 다녀보며 내 신앙의 고향을 생각한다. 나는 어릴 적 대여섯 살부터 예배당 가는 걸 좋아했다 한다. 농촌에 임시로 와 있던 사랑방 예배당에 가서 참여하기를 좋아했다. 갑자기 장맛비로 개울물이 불어나 건너기가 어려운 어린 나는 그때 마침 지나는 동네 친척 오빠에게 간청해 건너갔다 한다. 조금 커서 초등 시절 추운 겨울에 성탄절이 오면, 동네 아이들과 십리가 넘는 읍내까지 함께 다녀왔다. 너무 늦게 끝나 어둑어둑해지면 무서움을 무릅쓰고 손을 잡고 서로 의지하며 다녀오곤 하였다. 의복도 신발도 변변치 않은 촌아이들이 그 먼 길을 다녀올 때부터 알았다시며 어머니는 생전에 네가 교회를 다닐 줄 알았다고 말씀하셨다.

교회에서 남편을 만나 가정을 이루고 아이들을 키우고, 손자들도 복음 안에서 잘 성장하며 순탄하고 아름답게 이 지상 생활을 잘 마무리 하기를 기원한다.

아름다운 바닷가 궁전 가이사랴

로마제국의 건축광 헤롯 대왕이 BC 25~13년에 중건한 이스라엘의 지중해 연안 가이사랴에 왔다. 그는 아테네를 능가하는 도시를 만들고 싶었다 한다.

아침에 팔레스타인 지역 숙소에서 출발하여 가이사랴를 가는 길목은 이스라엘 지역과 팔레스타인 지역을 번갈아 통과하는지라 중간중간 교통 통제와 검문이 심상치 않다. 차창 밖 길가에는 주홍색 꽃양귀비가 하늘하늘 무리 지어 춤을 추니 오늘의 순례길 내 마음도 덩달아 설렌다.

가이사랴는 건설 당시부터 아름답기로 유명한 도시였고 행정수도이기도 했다. 지금은 사람이 거주하지 않지만, 바닷가에 레스토랑과 카페가 있어 관광객이 잠시 지중해를 바라보며 휴식하기 좋은 곳이다. 흔하지 않게 바닷가를 둘러싸고 유적이 남아 있는 국립공원이다. 원형극장은 관중석이 무대와 바다를 향해 있어 천연 음향의 효과를 내고 아직도 가끔씩 공연이 열리고 있다 한다. 원형 마차 경기장은 폭이 50미터에 길이가 250미터나 되어 아직도 위용을 자랑한다. 여기서 그 유명한 영화 〈벤허〉의 한 장면이 촬영되기도 했다 한다.

아직도 대리석 기둥이 자리를 잡고 길게 늘어서 있고 바닥은 옥돌 대리석이 선명하다. 그 시대로 돌아가 눈을 감고 상상해 보았다. 이 도시에는 로마제국 총독의 관저가 있었으니 예수님을 재판한 빌라도도 이곳에 살았을 것이다. 사도행전에 알려진 코넬로가 베드로에게 많은 로마 사람을 데려와 침례를 받았다는 기록도 있는 도시였다.

이곳에서 사도 바울이 아시아로 유럽으로 선교여행을 떠나기 위해 배를 여러 차례 타기도 한 곳이라 하고 사도 바울이 죄도 없이 로마에 압송되기 전에 감옥에서 2년여를 보내기도 하였다 전한다.

개인적으로 사도 바울의 희생과 신앙을 존경한다. 로마인으로 남 부러울 게 없는 관료이고 시민이었다. 그는 그리스도인을 박해하다가 시현을 통해 회개하고 그리스도의 제자가 되어 처형되기 전까지 아시아와 유럽으로 선교여행을 여러 차례 다녀오기도 하였다. 오래전 터키 여행을 하며 에베소 등에서 사도 바울의 선교 흔적을 찾을 수 있어서도 좋았는데, 이곳 가이사랴에서의 흔적은 좀 더 아련하게 다가온다.

이곳의 유적 중 로마식 수로가 아직도 건재하다. 바닷가 지역인지라 근처 수원이 풍부한 칼멜산에서 이곳까지 공중 토목 공사로 물을 가져왔다. 여행 중 유럽 여러 곳에서 종종 만나게 되었던 로마식 도수교다.

로마의 흥망성쇠가 있었고 이곳 가이사랴의 찬란하던 문화가 있었다고 한들 또 다른 권력과 세월 속에 망가지고 흔적뿐이다.

그렇다, 마음속에 쌓아 올리는 나의 욕망의 탑은 어떠한가. 신앙생활을 하며 다듬고 버리고 하였다 한들 아직도 움켜쥐고 사는 욕망의 탑은 더 얼마를 가야만 사라지려는지? 혼자 생각에 빠져 걸으며 중얼거렸다.

아름다운 가이사랴의 바닷가 카페에서 지중해를 바라보며 차 한 잔의 여유를 즐기지 못하고 단체관광 시간에 쫓겨 아쉬움을 달래며 돌아섰다.

지중해 바닷가 가이사랴의 바람이 내 남은 인생에서 은혜의 추억으로 가끔은 마음속 답답함을 달래 주기를 기대한다.

『수필』

김 준 태

한마디

행복은 기다려 주지 않더라. 행복이 찾아오길 기다리지 말고 스스로 만들어 누려야 하는 거더라.

약 력

- 《문예사조》(2002) 등단
- 중랑문학상 우수상(2010), 중랑문학상 대상(2017)
- 한국문인협회 회원, 한국수필문학협회 운영위원회 이사, 미리내 동인

아흔 늙은이의 교훈 외 1편

설날에 MBN TV에서 미스터 트롯 세븐으로 선정된 가수들이 부모들이랑 동반 출연하여 노래 경연을 하는 걸 보았다. 손태진 아버지 손금찬 씨가 〈어느 60대 노부부의 이야기〉란 노래를 부르는데 그 노래를 들으며 난 눈시울이 촉촉해졌다. 서정적인 노랫말을 저음으로 애처롭게 부르는데 그 가락이 가슴을 후빈다.

> 곱고 희던 그 손으로 / 넥타이를 매어주던 때 / 어렴풋이 생각나오 / 여보 그 때를 기억하오 / -생략- / 세월은 그렇게 흘러 / 여기까지 왔는데 / 인생은 그렇게 흘러 / 황혼이 기우는데/ -생략-

난 아내가 곱고 흰 손으로 넥타이를 매어준 기억이 없다. 그런데 왜 눈시울이 그리 뜨거워졌을까. 그는 결혼 후 늘 바쁘게 사노라 넥타이를 매어 줄 여가가 없었다. 신혼 때 시골 초등학교 교사여서 아침이면 출근하기에 바빴다. 새벽에 일어나 아침 밥상 차려놓고 도시락까지 싸놓고 헐레벌떡 뛰어나가야 첫 시외버스를 탔다.

점심시간에 동료들이 둘러앉아 도시락을 펴 놓고 먹던 시절이다. 내 도시락 반찬이 항상 인기가 많았다. 바쁜 중에도 도시락까지 신경을 썼다. 자취나 하숙을 하는 총각처녀 선생들이 많았던 학교라서 그랬던 것 같기도 하다.

아내의 초임지가 전주에서 7~8km 떨어진 완주군 봉동면 ○○초등학교라서 첫 버스를 타야 했다. 사돈처녀(누나의 시누이)의 중매로 만났는데 수줍음이 많은 순박한 선생님이었다. 1남 2녀의 장녀로 장모님이 아침 먹여 도시락까지 싸주며 애지중지 기른 딸이라 살림 배울 시간도 없이 새댁이 되었는데도 음식 솜씨가 있었다.

신혼살림에 바빠 자기 몸 곱게 단장할 겨를도 없이 뛰어다녔는데 난 거들어 줄 생각도 안 했다. 남성 우월주의 사상이 팽배했던 시대라 살림은 당연히 여자가 하는 것으로 알고 연탄불 한번 안 갈아 주었는데도 불평하는 걸 못 봤다. 완주 교육청 관내 학교에서 전주 시내 ○○학교로 전근이 되어 시외버스 타고 출근하는 일은 면해 오붓하게 살았는데 1년여 만에 내가 서울로 전근을 했다. 아이 남매를 혼자서 기르면서 근 2년간을 별거했다.

그 후로 아이 둘을 더 낳아 넷이 되었고 아내도 전근이 되어 서울로 이사를 왔다. 전주에서는 장모님이 돌봐 주셔서 아이들을 기르는데 큰 도움이 되었는데 아이들 육아 문제가 큰일이었다. 아버지가 돌아가시고 어머니가 시골에 혼자 계셔서 모셔 오긴 했지만 칠십 대 중반의 노인이라 아이들 넷을 돌보시기에는 너무 연로하셨다. 가정부가 있긴 했지만 물가에 두고 온 아이들 같아 항상 마음 졸이며 살았다.

세월이 흘러 1994년도다. 정년퇴직도 얼마 남지 않았고 막둥이도 대학 졸업을 하고 군에 입대해 제대를 앞두고 있었다. 아내한테 우리 노후대책을 세워야 하지 않겠느냐며 넓은 빈 마당에 유치원을 지어 당신이 운영해 보라 했다. 싫다는 걸 몇 번씩 설득해서 유치원을 짓고 아내는 33년간 봉직한 교직 생활을 명예퇴직하고 원장 연수를 받아 1995년도에 유치원장으로 취임하고 개원을 했다.

당시 주변에 유치원이 여럿 있었지만 우리처럼 단독 유치원은 없었다.

개원을 했는데 주변 원장들의 텃세가 심해서 원아 모집을 하는데 힘들었다. 불철주야 아내의 노력 끝에 근동에서 인정받는 유치원이 되었다. 자식들도 다 결혼해서 손자손녀를 낳고 남들의 부러움을 사기도 했다.

세월이 흘러 아내 나이 칠십 후반이 되었다. 몸을 너무 혹사해서인지 파킨슨과 치매 초기란 진단을 받았다. 유치원 경영은 큰아들과 며느리한테 맡기고 치료를 받았지만 현대의학으로도 고치지 못하는 불치의 병이라 병세는 조금씩 나빠지더니 2021년 7월에 하늘나라로 갔다. 아이들도 다 자립시키고 경제적으로도 어려움 없이 살만하게 되었으니 친구들도 만나 여행도 다니면서 맛있는 것도 먹으면서 재미있게 살다 갔으면 이렇게 후회는 없었을 터인데 철이 들자 망령 난다더니 이를 두고 한 말 같다.

"세월은 그렇게 흘러 여기까지 왔는데 인생은 그렇게 흘러 황혼이 기우는데 여보 그때가 생각나오."

어찌 눈시울이 뜨거워지지 않을 수 있으리.

사람들아!

행복은 기다려 주지 않더라. 행복이 찾아오길 기다리지 말고 스스로 만들어 누려야 하는 거더라.

행복지수가 가장 높다는 여행

어느 교수의 강의에 행복지수가 가장 높은 것이 친구들이랑 여행을 가는 것이라 했다. 여행은 가서 즐겁고 두고두고 이야깃거리가 있어서란다. 생각해 보니 여행을 자유롭게 다닌 때가 행복했던 것 같다. 그런 여행을 지금은 마음껏 다닐 수 없어 안타깝다. 나이 아흔이 되고 보니 아내도 친구들도 대부분 떠났고, 몸의 기력도 떨어져 젊은이들을 따라다니기도 버겁다.

난 젊어서부터 등산과 여행을 좋아했다. 주말이면 주로 친구들이랑 산에 갔다. 삼각산, 도봉산, 수락산, 불암산, 관악산, 청계산은 물론 서울 근교에 있는 산들도 두루 섭렵했다. 동두천 쪽에 있는 소요산, 고대산, 포천군의 광덕산, 백운산, 국망봉, 운악산, 명성산, 가평의 명지산, 석용산, 양평의 용문산, 강화군의 마니산, 상봉산 등 주말이면 산에 가는 재미가 있었다. 연휴나 방학 때면 국내외 여행도 많이 다녔다. 한라산, 지리산, 덕유산, 설악산, 태백산 정상을 몇 번씩 올라갔고 때로는 종주하면서 산에 텐트를 치고 자면서 다니기도 했다.

북한에 있는 금강산, 개성의 송악산 박연폭포도 다녀왔다. 백두산에 가서는 산장과 기상대에서 6박을 하면서 북한 쪽에 있는 장군봉을 제외하고 서쪽 북쪽 남쪽 각 방향에서 올라가 해돋이도 낙조도 보며 천지를 사진에 담았다. 천지에 내려가서 발도 담그고 천지의 물을 한 움큼씩 떠 마시며 사진도 찍곤 했다. 당시 사진작가들을 따라갔는데 지금도 몇 분은 가끔 만나 당시 이야기로 꽃을 피운다.

섬들도 여러 곳 다녔다. 동해의 울릉도, 남해의 욕지도, 매물도, 거문도, 백도, 흑산도, 홍도, 마라도 등 신안군의 천사섬(1004섬)들 중에 여러 섬들을 가 봤다. 서해의 위도며 최북단의 연평도도 다녀왔다.

내가 최초로 간 해외여행은 타이완과 일본이다. 1985년도 ○○고등학교 재직 때 학생 16명을 인솔하고 자매학교인 대만의 건국고와 일본 도쿄의 재일 민단학교 방문이다. 이후 해외여행이 개방되면서 여행사를 따라 몇몇 친구들이랑 부부 동반해서 유럽, 미국, 동남아 등지를 다녔다.

21C가 되면서 외국 여행이 보편화되어 연휴 때면 공항이 만원이란다. 전자 기술의 발달로 컴퓨터나 핸드폰으로 비행기표나 여행지 숙소까지 예약할 수 있어 젊은 여행자들이 많아졌다. 여행지에 가서도 앱으로 길도 찾고 음식점이나 관광지도 안내자 없이도 찾아다닐 수 있게 되었고, 요즘 젊은이들은 영어로 의사소통도 되니 여행사 도움 없이 가는 자유여행이 추세다.

난 1989년도에 첫 유럽 여행을 다녀왔다. 당시에는 한국을 모르는 유럽인이 많았다. 일본의 고등학교 수학여행단이 런던 거리를 활보할 때 우리나라는 외국 여행이 개방 단계였다. 거리에서 우릴 일본 사람으로 알고 일본 사람이냐고 묻는 외국인이 많았다. Korea라고 하면 Korea가 어디에 있느냐고 묻는다. 지금은 우리나라 사람들이 세계 각지 안 가는 곳이 없지만 삼십 사오 년 전만 해도 한국이 어디에 있는 나라인지 모르는 외국인이 많았다.

프랑스로 가는 비행기를 탔는데 알래스카 공항에서 잠시 멈춰 자유 시간이었다. 공항에 삼성 카트가 있는 걸 보고 우린 얼마나 신기해했는지 모른다. 그런 우리나라가 세계 6위의 부국이 되었으니 지금은 한국인임이 자랑스럽다.

난 기회가 나면 여행을 다닌다. 동반자가 있으면 더 좋겠지만 동행자가 없어도 혼자서라도 간다. 2023년 10월에 4박 6일간 두바이 여행을 다녀왔다. 동반자가 없어 독방료 50만 원을 더 내고 다녀왔다. 여행 비용도 비용이지만 밤이면 혼자라서 외롭고 쓸쓸했다. 동반자가 없는 여행은 앙꼬 없는 찐빵이다. 국내 여행도 여수며 주왕산에도 다녀왔다. 매월 둘째 토요일엔 DMZ 평화누리 길을 따라 걷는다. 2021년 11월 13일 둘째 토요일에 김포 대명항을 출발하여 2024년 8월 강원도 고성군 통일전망대에 도착 예정이다. 지난 3월 9일에는 27구간으로 인제군 북면길이었다. 북천을 따라 용대리 백담사로 가는 갈림길 만해마을에서 점심을 먹고 미시령 옛길을 따라가다가 황태덕장이 있는 가게 앞까지 약 18km를 걸었다. 출정식을 하던 2021년 11월에는 대명항에서 출발하여 염하강길 14km를 걸어 문수산성 남문까지 선두 그룹이었는데 2024년 3월 27차 인제 북면길을 걸으면서 체력의 한계를 느꼈다.

시작한 일이니 종착지인 고성 통일전망대까지만 하고 은퇴해야겠다. 회원들은 내가 모임에 나와 걷는 것이 자기들에게 용기가 된다며 융숭하게 대해 주지만 그들에게 민폐가 되어서는 안 되겠다는 생각이 든다. 통일 전망대를 찍고 역으로 대명항을 향해 걷는다는데 여행이 아무리 행복하다지만 자신이 없다.

그간 여러분들과 함께한 여정이 행복했습니다. 감사합니다.

『수필』

이 순 헌

한마디

나는 내 의지와 상관없이 질주하는 세월을 따라잡지 못해 점차 뒤처져 가는 호모사피엔스다.

약 력

- 《문학저널》(2006) 등단
- 방송통신대 국문과 졸업(2011)
- 《동아일보》 투병문학 입상(2002), 중랑문학상 우수상(2019)
- 한국문인협회 회원, 에세이스트 이사, 중랑문인협회 부회장

리어카 노인 외 1편

명색이 집주인이지, 나는 어질러진 쓰레기나 정리하고 주차장에 널려진 담배꽁초를 줍는 청소부다. 집 주변을 치우는 것이 내 몫이 되었다. 한때는 다달이 7만 원씩 주고 청소 업체에 맡기기도 했다. 그들은 한 달에 네 번, 월요일만 와서 청소하니 결국 매일 드나들며 어차피 내 손이 가야 했다. 그래서 내가 하기로 한 거다. 계단은 별로 오르내리질 않아 어쩌다 치우면 되고 엘리베이터 안의 손때와 주차장 정도만 하면 되니까. 제집 앞이 어질러졌어도 입주자들은 관심이 없다. 그러나 항상 살피는 내 눈엔 너무나 잘 띈다. 밖에 제멋대로 버린 종이 박스도 가든가든히 해야 하고 음식물 쓰레기통의 오물도 깨끗이 닦아 놓는 나는 이 집 청소부다.

성탄절 다음 날 나가다 보니 정문 출입구 밖의 스티로폼 박스에 빈 소주병 열댓 개가 담겨 있었다. 젊은 사람들이 모여 모처럼의 화이트 크리스마스를 즐겼나 보다. 내심 소란스럽지 않았던 지난밤을 다행이라 여기며 박스 채 번쩍 들어 집 입구 전봇대 옆에 옮겨놨다.

슈퍼에 들러 집에 가는데 작은 체구의 초라한 노인이 폐지를 잔뜩 담은 리어카를 끌고 비칠비칠 지나간다. 보기에도 안쓰러웠다.

"할아버지 소주병도 가져가세요?" "네."

"저쪽에 제가 소주병 내놨는데요, 뒤에 오세요."

난 그새 누가 가져갈까 봐 앞서서 부지런히 걸었다. 노인은 비척비척 따라왔다.

"여깄어요. 근데 한 병에 얼마나 해요?"

궁금해서 묻는 내 말에 노인의 대답은 왠지 가슴 끝이 아렸다.

"칠십 원인데, 파실 거예요?"

"아니에요. 그냥 가져가세요."

노인은 두 번이나 고맙다고 허리를 굽혔다. 노인의 무표정에서 고달픈 삶이 보였다. 소주 빈 병은 백 원쯤 될 것이다. 그분은 빈병 값으로 내게 얼마를 주려고 했을까.

건강 프로에서 의사는 계단을 5층까지 걸어서 가는 것이 심혈관질환을 예방한다고 했다. 만 보 걷기와 같은 효과란다. 미심쩍긴 하지만 나도 가끔 운동 삼아 엘리베이터를 타지 않고 5층까지 걷는다. 올라오다 보니 301호 현관 앞에 빈 소주병이 세 개가 또 있었다. 노인에게 갖다주고 싶어졌다. 그러나 덜렁대고 쫓아가다 다칠까 봐 그만두었다. 얼마 전에도 넘어진 적이 있어서다.

"없는 사람이 순수해서 그래."

내 말을 전해 들은 노인, 남편의 말이다. 리어카 한가득 폐지를 가져가면 고물상에서 삼천 원 정도 받는단다.

초고령사회로 빠르게 진입하고 있는 우리나라는 노인 빈곤율이 1위라 했다. 장수가 축복만은 아닌가 보다. 정부에서는 여러 복지정책을 펼치는데 그 노인도 정부에서 주는 혜택을 받고 있으려나 모르겠다.

병이나 종이 박스를 정리하다 보면 "칠십 원인데 파실 거예요?" 하던 노인이 떠올랐다. 그러다 길에서 그 노인을 또 만났다. 왠지 반가웠다. 3층에 빈 병 세 개가 그대로 있을 터였다.

"할아버지, 병 세 개 또 있어요. 천천히 오세요."

난 부지런히 3층에서 병을 수거해 내려갔다. 병 세 개와 흩어져 있던 종이 박스를 정리해 리어카에 챙겨 얹고 마침 주머니에 있는 만원을 드렸다.

"점심에 따뜻한 거 사 잡수세요."

거절하는 걸 억지로 드렸다. 지하철이나 길목 어디에서 간혹 마주치는 걸식자를 보면 주머니에 손을 넣었다 뺐다 하며 적은 돈이나마 꺼내는데도 용기가 필요했다.

노인은 힘겹게 리어카를 끌고 멀어지는데 나는 주차장에서 담배꽁초를 치우며 요즘 물가도 비싼데 점심값이라니, 싶어 알량한 내 손이 부끄러운 생각도 들었다.

변하는 시대

아들이 퇴근하는 길에 우리 집에 깜짝 들렀다. 평일에 오는 일은 드물었다. 아들이 깔아 준 컴퓨터 바둑 프로그램, '타이젬'이 날아가 버려 남편이 대국을 못 하고 있다고 전한 게 마음에 걸렸나 보다. 바둑은 남편의 유일한 취미다. 아들은 회사에 신청할 부모 건강검진표도 가져왔다.

"전화를 하고 오지…"

아들이 들어서는 순간, 오전에 수영하고 오며 시장에 들르지 않은 게 후회됐다.

"어무니, 금방 갈 거니까 뭐 차리지 마요."

"왜 그렇게 바빠."

뭐라도 먹이려고 냉장고 속을 뒤지며 나도 바쁘다. 아들은 부지런히 남편 컴퓨터를 켜며 말했다.

"오늘 하윤이 수학 가르치는 날인데 늦게 오면 짜른대."

제 딸에게 협박(?)을 받았나 보다.

"에고, 기막혀라. 과외비도 안 주면서 애비를 쥐락펴락하네."

윤인 제 아빠 덕에 5학년 내내 수학 만점을 받았다.

아들네 가족은 대체로 휴일에 온다. 그들은 셋이 항상 한 묶음으로 몰려다닌다. 며느리는 차분한 데 비해 아들과 손녀는 시끄럽다.

"엄니의 요즘 관심사는 뭐요"를 시작으로 아들과 나는 성향이 비슷

해 티키타카가 잘 된다. 어떤 에피소드나 문학과 다양한 지난 얘기들, 때론 서로를 흠잡기도 한다. 그래도 재밌다. 그러나 그들과 떠들다 보면 애들 말은 빠르고 가끔 외계어 같아서 못 알아듣기도 한다. 재차 물으면 엄마는 생각하기 싫어서 미리 모른다고 작정하니까 그렇다고 아들이 핀잔이다. 그 말도 맞긴 하다. 머리 쓰기 싫어서 애들에게 의지하다 보니 점점 더하다. 그들은 해결사이기도 하다. 모르는 건 메모해 놨다가 애들이 오면 몰아서 물어본다. 아들이 간편 세무 일도 도와주고 며느리는 우리가 필요한 생필품을 인터넷으로 주문해 주며 내 컴퓨터도 점검해 준다. 손녀도 한몫한다. 지난번 돋보기가 필요한 안마의자 설명서의 잔글씨를 읽기 싫어 미뤄놨는데 손녀가 보고 사용법을 알려줬다. 그런데 애들이 가고 나면 또 모른다.

우선 안마의자 온열 방법을 손녀에게 다시 배웠다. 윤이가 알려 주며 할머니, 적어요, 적어, 하면 아들은 그 말을 내리받아 제 딸에게 하윤아, 너 가르칠 때 아빠 답답한 거 알겠지, 한다. 이제 내 컴퓨터 차례다. 옥탑방 서재로 우르르 몰려갔다. 며칠 전부터 인쇄가 안 되고 있다. 애들 앞에서 시범으로 한 장을 프린트했다. 빈 종이다.

"이것 봐, 이렇다니까."

아들에게 빈 A4 용지를 내밀었다.

"잘 보이는데 엄마, 왜 그래?"

"어디가 보여? 빈 종인데."

"하윤아, 여기 글씨 잘 보이지."

"응 아빠, 잘 보이는데."

아들과 손녀가 마주 보며 히히덕대며 웃는다.

그제야 난 둘이 장난치는 걸 알았다. 부녀가 천연덕스럽다. 죽이 척척 맞는다.

"아이고야, 부녀 사기단일세."

아들은 제 딸과 엎치락뒤치락거리며 친구처럼 논다. 그러니 윤이 친구에게도 아들은 인기란다. 나 어릴 땐 있을 수 없는 일이다.

내가 손녀만큼 어릴 때다. 다섯 남매가 빙 둘러앉아서 식사를 할 때 먼저 수저를 든 아버지가 생선을 한 토막씩 나눠 주었다. 밥상이 비좁아 한쪽 상 밑으로 내려앉은 나는 이제나저제나 내가 좋아하는 꽁치조림을 기다리다가 끝내 못 받아 숟가락을 놓고 울며 학교에 간 적이 있다. 여럿 틈에서 아버지가 미처 나를 못 챙긴 거였다. 나는 어려서 생선 장수한테 시집 보낸다는 놀림을 자주 받기도 했다.

요즘은 무조건 아이들이 우선인 세상이다. 아버지 배급을 기다리기는 커녕 아이가 떼를 쓸지도 모른다.

나도 비교적 자식들과 격 없이 지내온 것 같다. 그러다 보니 자식들이 나를 제 친구처럼 어려워하지 않는 경향도 있다. 그에 비해 남편은 그렇지 않아 가족 단톡방에도 빠져 있다. 우리끼리만 주고받으니 남편은 애들 근황을 나를 통해서 듣는다. 그는 옛날 우리 아버지상에서 그다지 벗어나지 않았다. 손주들은 말수 적고 무뚝뚝한 할아버지를 별반 따르지 않는다. 그는 내 보기에도 요즘 젊은 아이들 말마따나 꼰대나 구닥다리라서 그나마 내가 중재를 하니 망정이지 좀 외롭지 않을까 싶기도 하다. 그러나 요즘은 손가락 아픈 나를 도와 더러 설거지를 하기도 한다. 놀라운 변화다.

아들 부부가 머리를 맞대고 컴퓨터를 이리저리 살펴보더니 며느리가 잉크가 떨어져서 안 되는 거라며 우선은 컬러로 돌려놓고 쓰면 된다고 한다.

"엄마, 내가 기술자를 잘 데려왔지?"

아들은 제 아내를 뽐낸다. 며느리가 손을 보니 자르륵자르륵 하며 인쇄가 제대로 되어 나왔다. 감격이다. 윤이 학교 과제 때문에 더러 프린터를 쓴단다. 다음에 올 때 잉크 용량이 큰 걸 가져와 바꿔 준다고 했다. 든든하다.

시대가 변해 나는 어느새 여러모로 애들에게 의지하며 도움받는 나이가 되었다. 그럼에도 컴퓨터 자판을 두드려 워드 작업을 하며, 나는 언제까지나 건재할 것 같은 착각에서 아주 벗어나지 못하고 있다. 그러나 나는 내 의지와 상관없이 질주하는 세월을 따라잡지 못해 점차 뒤처져 가는 호모사피엔스다.

『수필』

한 영 옥

한마디

늘 갈등하고 선택하며 살아가는 게 인생이다. 누구라도 그 끝은 알 수 없는 것, 인생의 정답은 있을까? 그저 답을 향해서 가고 있을 뿐이다.

약 력

- 《에세이스트》(2010) 제34호 등단
- 방송통신대학교 국어국문학과 졸업(2021)
- 중랑문학상 우수상(2014)
- 중랑문인협회, 일현수필 회원, 느티나무 동인지 5회 발간 매월 합평회
- 수필집: 『세번째 스무살』(2023)

몸치 탈출하기 외 1편

먼 기억 속에서 한 장면이 떠오른다. 서서히 열차는 경사진 곳을 올라 제일 높은 곳에서 잠시 멈추었다가 급강하기 시작한다. 아찔한 순간에 온몸이 조이듯 어디로 날아가 버릴 것 같은 공포였지만 그 순간만큼은 짜릿했었다. 팔팔 열차다.

모험을 즐거워하는 편이다. 새로운 것에 호기심이 생기고 궁금해지면 그것을 알아내야 직성이 풀리는 성격이다.

또 다른 변화를 꿈꾼다. 주변에서 말하기를 춤을 배워보라고 한다. 흥이 많고 음악을 좋아하니 쉽게 접할 거라고 이야기했다.

내게 춤은 흥에 겨워 마음대로 흔드는 막춤이 전부다. 순서에 맞춰서 하나둘 발을 떼며 밟아야 하고 파트너와 호흡을 같이해야 하는 것을 어려워했다. 사교춤이나 블루스 같은 건 하지 못한다.

그런데 스포츠 댄스에는 관심이 생겼다. 경쾌하고 발랄한 동작이 운동에도 좋고 신나 보였다. 물론 파트너가 있기는 해도 흥미로울 것 같은 느낌이었다.

친구 따라 주민센터에 그 프로가 있다고 해서 갔다. 그런데 몇 가지 춤을 조금씩 겸해서 하는 프로그램이었다. 스포츠 댄스만 하는 게 아니었다. 갔던 길이니 한 시간 동안의 수업을 받는데, 그 시간이 왜 그리도 길던지 그 뒤로 다시는 춤에 관심을 두지 않기로 한 때가 있었다. 그런데 라인댄스에 요즘 관심이 생겨나는 게 있다. 훈훈한 바람이 내게도 불고 있다.

베드민턴 운동을 오랜 시간 해왔지만 과격한 몸동작이라 이제는 좀 더 순한 운동으로 바꾸려는 차였다. 도전해 보기로 했다.

체육센터에 접수한 첫 시간이었다. 흥겹고 신나는 음악이 흐르니 몸은 저절로 꿈틀대고 흔들고 싶어졌다. 모임이 있는 날이면 뒤풀이로 노래방은 당연히 가는 장소일 때가 있었다. 그런 날이면 가만히 있는 건 내가 아니다. 누가 잡아끌지 않아도 자연적으로 반응을 한다. 아무렇게나 흔들어대는 막춤! 그렇다고 박치까지는 아니니까 춤 잘 춘다고 말하던 사람들의 목소리가 내 귀를 후벼판다. 잘할 수 있을 거라는 착각은 순식간에 날아갔다. '아니올시다'란 말 이럴 때 딱 맞는 답이다. 앞발 나갈 때 뒷발 나가고 오른쪽으로 돌면 왼쪽으로 돌고 뒷사람과 부딪히고 이렇게 몸치일 줄은 정말 몰랐다. 이삼 주는 버텼다. 그러나 시간이 흐를수록 너무 민망해 못하겠다고 선생님께 말했다.

"도저히 저는 안 됩니다. 못하겠어요!"

"삼 개월만 버티세요. 처음부터 잘하는 사람 어디 있나요?"

라는 화답에 다시 용기를 냈다.

몸을 음악에 맡기고 욕심내지 말고 하는 대로 해보자. 집에 와서 영상을 보면서 연습한다. 식구들이 잠든 시간, 조용조용 이어폰 끼고 핸드폰으로 영상을 보면서 한 바퀴 돌고 또 돌다 쿵! 미끄러지고, 들킬세라 아무것도 아닌 척 혼자 웃는다.

운동장에서 다른 사람들의 매혹적이고 유연한 몸동작에 매료되어 기분대로 살랑거려 보건만 뻣뻣하다.

기존 나의 사상에서 규격에 맞춰 춤을 추는 율동은 없었다. 새로운 것, 또 하나의 도전 몸치 탈출이다. 나다운 에너지, 생동감, 흥미, 나만을 위한 오롯한 시간 부드러운 날개를 펴 보리라. 꼭 잘 춰야 하는 의무도 아니다. 세상의 풍파도 유연하게 흘러 버릴 수 있는 시간, 몸과 마음이 만나 하나

되어 정화되고 활기 넘치는 시간이다.

두어 달 지나니 자주 접하는 음악에 익숙해지고 반복 동작은 몸이 먼저 기억한다.

이제는 예쁜 옷에 관심이 생긴다. 반짝반짝 매혹적이면서도 살랑거리는 짧은 치마, 댄스장 아닌 밖에서 상상할 수도 없는 차림새, 이때 입는 즐거움 또한 큰 몫을 한다. 해외 직구로 저렴하게 살 수 있지만 단점도 있다. 오픈된 장소에서 거래가 아니니 옷이 안 맞으면 서로 교환해 입기도 한다. 주거니 받거니 오가는 정도 깊다.

그런데 몸에 변화가 왔다. 분명 입어서 작았던 옷을 입을 수 있어 선물 꾸러미가 한아름 날아들었으니 이 또한 기분 좋지 아니한가!

모르던 세계의 새로운 경험은 또 다른 삶의 기쁨이다. 머지않아 몸치 탈출하는 날이 올 거라고 기대하면서.

불협화음이 빚은 글 한 포기

집을 나섰다. 걷다가 보면 생각도 깊어지고 새로운 것이 떠오르는 기쁨도 있다. 목적 없이 막연하게 나선 길이었다.

요즘 들어 하나둘 사람과 사람 사이의 불협화음이 일고 있다. 대화를 시도해도 그것조차 거부당할 때 알 수 없는 미궁 속에서 서성이는 내가 참 싫다. 두 번 세 번 만남을 시도해도 무시해 버린다. 얘기조차 차단하는 건 더 이상 관계를 원치 않는 것으로 여기고 생각 끝에 단념키로 한다.

이기심보다는 남을 먼저 배려한다는 생각으로 살아온 내게 착오인지 오해인지 그것조차 풀리지 않은 채로 묻어야 하니 답답할 뿐이다.

자주 가던 인사동이지만 다른 때와는 달리 눈에 보이는 모두가 흥미 없고 불편하다. 우선 붐비는 거리를 벗어나야겠다는 생각이 들었다.

종로에서 광장시장을 지나 청계천 물길을 따라 걷는다. 오가는 사람이 뜸한 그곳은 한가롭다. 오월의 성숙한 잎이지만 내 기분 때문인지 좋아 보이지 않는다. 비릿한 물 내음도 향을 다한 찔레꽃도 시무룩이 서 있다. 뽕나무 오디는 까맣게 익어 땅 위에 떨구고 달콤한 향도 널브러져 있다. 물 위에 오리 한 쌍 발밑 수고로 물결이 인다. 연신 물속에 고개를 넣었다 올리며 먹이 사냥하는데.

청계천을 벗어나 두세 시간을 걸었는데 어디인지 알 수가 없다. 소나기가 쏟아지더니 콩알 같은 우박이 얼굴을 때린다. 천둥 번개 번득이고 물방울이 시야를 가린다. 차들은 쏜살같이 내달리며 옷자락을 휘날린다. 길옆 풀포기가 종아리에 스친다. 낯선 거리다. 공장의 기계 소리 요란하고 악취도 난다. 대형 트럭을 몰고 가던 한 남자가 괴성을 지르며 지나간다. 인도가 아닌 차도였으니.

아무 의식 없이 나만의 시간에 젖었던 날, 어제 만난 사람도 내일 만날 사람도 변함없으리라. 삐걱대는 사이는 잠시 접어두기로 한다. 버리고 씻고 정화되어 시간이 지나면 옛 이야기하며 웃을 수 있을 거라고.

며칠이 무심하게 지나갔다. 도서관으로 향한다. 책의 활자 속에 묻혀 있는 시간만큼은 평온하다. 그곳에는 전 세계의 숨소리가 들리는 듯하다. 경험하지 못하는 것의 아이러니와 간접 경험에서 얻어지는 보배로운 가치를 느낄 수 있다. 때로는 힘이 되고 위로가 되기도 한다.

보려고 했던 책은 대여 중이란다. 다른 도서를 찾는데 선택이 어렵다. 한참 후에야 책 한 권에 눈길이 머무른다. 제목이 궁금하게 한다. 『거리에 핀 시 한 편 글 한 포기』

노숙인들의 이야기다. 실업자로 가족을 잃고 빚보증으로 믿었던 사람에게 배신당하고 절박한 사연을 안고 지극히 기본적인 삶 속에서 밀려나 몸뚱어리 하나 누일 곳이 없는 사람들, 따뜻한 밥 한 그릇마저 어림없는 일이다. 희망의 씨앗을 찾기에는 너무도 척박한 현실에 놓여 있다. 수치스러움이나 체면 같은 건 이미 버려졌다. 시간이 지나면서 이들은 고립이 되고 무의미한 생활에 젖어 그 습관이 굳어 버려서 가랑비에 옷 젖는 줄 모른다고 그대로 영혼 없는 존재가 되어 모든 것에 무감각해버린 격이다.

이들에게 도움을 주는 기관이 있었다. 그런 사람들을 찾아가 따뜻한 커피잔을 손에 들려주고 빵도 주며 다가가서 대화를 시도해 잠자는 의식을 깨우려 힘쓴다. 험하고 높은 빙벽을 올라야 하는 힘든 시간이었다. 수없는 날을 오가며 그곳을 올라 그들의 마음을 움직이게 한 기관. '성프란시스대학 인문 과정' 그곳에서 인문학을 공부하며 글쓰기를 습작하고 그 험

한 날들을 글로 풀어내며 치유를 한 사람들의 이야기다. 오랜 거리의 생활로 이미 생을 마치고 유고작이 된 사람의 글도 있다. 절벽의 끝에서 새로운 인생을 살아낸 위대한 인생의 재탄생이라고 말하고 싶다.

노숙자를 보면 부드러운 시선으로 보지 못한 때가 있었다. 얼마나 모자란 생각이었던지 자책한다. 세상의 뒤안길, 절망의 늪에서 몇 번의 죽음을 시도하고도 그 죽음을 선택할 자유마저 저당 잡힌 채 살아야 했던 사람들. 그 늪에서 헤어날 생각조차도 하지 못하던 사람들이 그 기관의 도움으로 새로운 삶을 살아가는 모습에 회오리가 일 듯 많은 생각들이 스쳐갔다.

늘 갈등하고 선택하며 살아가는 게 인생이다. 누구라도 그 끝은 알 수 없는 것. 인생의 정답은 있을까? 그저 답을 향해서 가고 있을 뿐이다.

도서관 수많은 책 속에서 그 책을 만난 건 큰 의미가 있다. 점심 전에 들어가서 늦은 저녁이 되어서야 자리에서 일어났다. 몸과 마음이 어느 귀인에게 잘 대접받은 기분이다.

만나고 헤어지는 건 자연스러운 것이다. 영원한 것은 없으니 봄이 되어 꽃이 피어도 그때 그 꽃이 아니듯이 다음 해에는 성숙하고 더 곱게 피어날 거라는 자연의 섭리 안에 나를 맡긴다.

『수필』

이 호 재

한마디

이제 곧 완연한 봄날이 올 테고, 봄은 언제 가는지 모르게 후딱 지나 급작스럽게 여름이 오고 또 가을이 오겠지. 여름이 오기 전에 그리고 가을이 오기 전에 이루어야 할 일을 차근차근 이루어 가면 좋겠네

약 력

- 《불교문학》(2013) 등단
- 한국방송통신대학교 국어국문학과 졸업, 중앙대학교 예술대학원 시 창작 전문가과정 수료
- 중랑신춘문예 우수상(2007), 중랑문학상 우수상(2018), 아산문학상 우수상(2020)
- 한국문인협회 회원, 중랑문인협회 부회장
- 한국예술문화단체총연합회 중랑지회 사무국장

J에게

봄을 좋아하는 친구 J여, 주변을 둘러보니 눈길 닿는 곳마다 봄이 산뜻하게 피어나고 있군. 자넨 기다리지 않아도 봄은 온다고 했지. 나 역시 고대하지도 않았는데 어느덧 봄은 부지불식간에 내 곁에 다가와 있음을 느끼게 된다네.

오늘은 목단 화분을 거실 밖에 내놓고 봄비를 맞혀 주었다네. 실내에서 향기를 발산하도록 꽃을 기다리던 화분이네. 낮에는 봄볕을 쬐어 주고 바람도 쐬어 주려고 바깥에 내어놓았다가 밤이면 추울세라 실내로 옮겨 주고 있다네. 봄여름 동안은 거실에서 데리고 있으면서 꽃 피우고 자라는 모습을 지켜보다가 가을에 화단에 심어줄 생각이네.

봄비 내리는 모습이 하도 정겨워서 구피도 비를 맞혀 주고 싶은 생각이 문득 들더군. 그래서 출산이 임박해 보여 따로 산실을 마련해 준 구피 어항을 화분 옆에 나란히 내어놓았다네. 따뜻한 날씨에 비마저 내리니 내가 봄의 정취에 취했나 보이. 구피를 위한답시고 역지사지하지 못한 내 미련한 행위로 말 못 하는 생물에게 큰 화를 입힐 뻔했다네. 혹시 새끼를 낳지 않았을까 하고 어항 속을 들여다보는데 구피가 보이지 않는 거야. 밖에 튀어나오지 않았을까 주위를 두리번거리다가 어항 바닥에 죽은 듯이 가라앉아 있는 모습을 발견하였다네.

겨울 지나 모처럼 따뜻한 날씨였지만 구피에게는 너무 추운 날씨였던 게지. 부랴부랴 거실로 옮기고 드라이기로 열을 쏘여 수온을 높여 주려는 시도를 한 지 한참 만에 지느러미가 미세하게 움직이는 게 보이더군. 움직임이 커진 지 한참 지난 후 새끼 구피 한 마리를 합사시켜 자극을 통한 활동성을 높이려고 시도하였더니 조금 효과가 있었던 것 같네.

지난달에는 고무나무 화분을 밖에 내놓고 지붕에서 떨어지는 낙숫물을 흠뻑 맞도록 해 주었는데, 수온이 너무 낮았던지 나중에 보니까 나뭇잎이 곰보가 되어 버렸네. 나무가 얼마나 고통스러웠을지 내 배려심이 부족한 소치가 아닐 수 없었네. 내가 처한 상황이 좋다고 남도 좋은 건 아닐진대 나무를 위한다고 나무의 특성을 간과한 채 내 기분에만 치우친 짓을 하였던 게지.

날씨가 좀 더 따뜻해지면 목단 화분도 아예 화단에 심어주는 게 좋을 것 같네. 건조한 실내에서 생육 조건을 맞춰주는 게 여간 어려운 일이 아니라는 걸 느끼기 때문이네.

목단 얘기가 나왔으니 말인데, 모란은 자고로 시인 묵객들에게 자주 애용되는 작품 소재가 되어 왔지. 자네도 문인이니 현실에 안주하지 말고 모란처럼 화려한 작품 세계를 펼쳐 보여주길 기대하네. 외람된 말이지만 작품 수준을 높이려는 부단한 노력이 필요하지 않겠는가? 시나 수필 한 편 써 놓고는 자만심에 빠져 명작을 탄생시킨 듯 착각하지 않았으면 좋겠다는 말이네. 모든 신작은 고무나무나 구피처럼 내 기준으로 판단해서는 안 될 것이네. 스스로는 만족하는 작품이겠지만 독자가 봤을 때는 지적되는 부분이 분명 많이 나올 수 있음을 간과해선 안 될 것이네.

우리나라에 시인이 한 사만 명은 된다지. 자네는 그 사만 명 중에서 1% 안에는 들어야겠다고 생각해 본 적 없는가? 1%라면 사백 명인데, 사백 등 안에 드는 것으로는 한참 부족하지 않을까? 욕심 같아선 0.1% 안에 들도록 노력하면 좋겠다는 생각이 드네. 가령 현재 활동 중인 시인 백 명을 뽑는다면 그 안에는 들어갔으면 좋겠다는 생각이네. 이왕 마음먹었으면 그 정도 목표는 갖고 시작하는 게 좋지 않겠는가? 목표가 커야 그 결실도 클 것이니 욕심이 과하다고 나무라지는 말길 바라네. 물론 여러 시인의 작품 수준을 등수로 매기는 건 합당하지 않고 터무니없는 일일 것이네. 다만 독자 또는 동료 문인들이 작품성이 우수한 시인 100명을 선정한다면 그 안에 뽑힐 정도로 목표를 가지면 좋겠다는 말이네.

문인이라면 언어 활용 능력은 물론 어문 규정도 수준급으로 꿰뚫고 있어야 하고, 우리말 달인에 버금가는 실력을 갖추어야 한다고 생각하네. 시인이라면 산문도 부끄럽지 않을 만큼 쓸 수 있어야 하고, 수필가라면 시 창작 이론에도 밝아야 한다고 생각하네. 처음부터 수준을 갖추기는 힘들겠지만, 장기적으로는 그런 목표를 이루도록 노력하는 자세를 갖추어야 한다고 생각하네.

좀 더 욕심을 부리자면 동물들의 마음을 읽을 수 있어야 하고, 식물들과 대화할 줄도 알아야 한다고 생각하네. 왜냐고 묻는다면 문인이기 때문이라고 대답해 주겠네. 황당무계한 말이라고 생각할지 모르나 내 말을 이해하고 수긍하는 문인들이 많으리라 생각하네.

이제 곧 완연한 봄날이 올 테고, 봄은 언제 가는지 모르게 후딱 지나 급작스럽게 여름이 오고 또 가을이 오겠지. 여름이 오기 전에 그리고 가을이 오기 전에 이루어야 할 일을 차근차근 이루어 가면 좋겠네.

너무 힘든 과제를 막 던져 놓는다고 힐난하지는 말길 바라네. 자네에게 쓰는 이 편지는 실은 나 자신에게 쓴 글일 수도 있다는 걸 이해해 주면 고맙겠네.

『수필』

박 영 재

한마디

집안에 장남으로 늘 시간에 쫓기듯 힘들고 바쁘게 살면서도 우리 부부가 버텨낼 수 있었던 것은 내일에 대한 희망이 있었기 때문이다.

약 력

- 《문학세계》(2014) 수필, 《국보문학》(2015) 시 등단
- 중랑문인협회, 참좋은문학회 회원
- 동인지: 『참좋은 음식 3호점』 등

봄이 오고 있다 외 1편

노후엔 현찰을 쥐고 있어야 한다고 말한다. 나이 들어서 재산을 미리 자식들에게 주었더니 자주 찾아오던 자식도 잘 오지 않더란다. 심지어는 그런 자식들에게 부모가 유산 반환 청구 소송을 내기도 한다니 참 슬픈 일이 아닐 수 없다. 요즘은 세상이 많이 바뀌어 아들, 딸 구별 없이 유산 상속도 동일하다. 그러나 여전히 부모를 모시는 문제에선 자유롭지 못하다. 나이 들면 아픈 데도 많이 생기고 고령화 시대로 접어들면서 그 기간도 길어지니 자연스레 많은 문제가 발생하고 있다. 긴 병에 효자 없다는 말도 있듯이 누군가가 나서서 환자를 돌보지 못하면 문제는 계속 야기될 수밖에 없다. 유산분배 원칙에 따라 부모를 모시는 것도 동등해야 한다는 원칙이 성립되지만, 현실은 그렇지 못한 경우가 많기 때문이다. 부모님 살아생전 잘 나타나지도 않던 자식들이 나타나 자기 권리만 내세우는 경우도 종종 있으니 말이다. 이런 경우에 비추어 본다면 현재와 같은 방법도 원만한 해결책이라고 내세울 수는 없는 것 같다. 누구든 부모를 모시거나 집안 제사와 같은 행사를 이끌어 오는 자식에겐 특별 배려가 있어야 하지 않을까 하는 생각도 해보게 된다. 결국은 노후 자금을 어떻게 효율적으로 사용하느냐에 따라 삶의 질도 달라질 것이다.

동네가 다산신도시 개발로 자고 일어나면 바뀌고 있다. 처음 이사 올 때만 하더라도 주변이 논밭이고 시골 마을에 우리 아파트 하나만 덩그러니 놓여 있는 형상이었는데 법원, 검찰청이 나란히 지어져 개원했다. 마치 인기리에 방영되었던 드라마 〈비밀의 숲〉 한 장면인 황시목, 서동재 검사가 저만치서 걸어 나올 것 같은 분위기로 탈바꿈되고 있다. 그뿐만 아니라 내가 제일 바라던 도서관이 세련된 건물로 지어졌다. 어디에 내놔도 손색이 없을 정도로 모든 시설이 최신식이라니 무슨 말이 더 필요할까. 나는 그때부터 새봄에 대한 꿈을 꾸기 시작했다.

공사가 시작되면서 잘 아는 부동산 업자의 권유로 상가 하나를 분양받았다. 사 놓기만 하면 세는 걱정 할 것도 없고 대출까지 자기들이 다 알아서 해준다고 큰소리쳤다. 나름 꽤나 신중한 편이라 생각하고 살았던 나 역시도 이 순간만큼은 어떤 의혹은커녕, 어떻게 해서든지 계약을 서두를 생각만 하고 있었다. 어쩌면 이것이 우리 부부에게 찾아온 처음이자 마지막 기회일지 모른다면서 부동산 업자가 이야기한 것에 살까지 붙여 남편을 설득했다. 하지만 뜻하지 않은 코로나19 사태가 터졌고 1년이 넘게 세가 나가지 않았다. 그야말로 하루아침에 모든 것이 사라지는 느낌이었다. 코로나로 인한 사망자가 매일 늘어나고 거리두기에 집합 금지는 물론, 영업시간 제한까지 발표되었다. 성황리에 영업 중이던 점포까지 현상 유지가 어렵다며 문을 닫는 점포들이 하나, 둘 늘어가고 있다는 뉴스까지 접하게 되니 나는 도무지 잠을 이룰 수 없었다. 월세는 고사하고 무리해서 받은 대출이자까지 고스란히 떠안아야 하는 상황에 처하고 말았다. 그동안 집안에 장남으로 늘 시간에 쫓기듯 힘들고 바쁘게 살면서도 우리 부부가 버텨낼 수 있었던 것은 내일에 대한 희망이 있었기 때문이다.

나이 들어갈수록 입은 닫고 지갑은 열고 살라는 말이 있다. 그런데 그렇지 못한 상황으로 치닫고 보니 하루하루가 불안하고 비참해지는 느낌이었다. 퇴직한 지도 얼마 되지 않은 남편은 결국 경조사비라도 벌어야겠다며 일자리를 찾아 나섰고, 우리 집 사정을 모르는 남들은 그만큼 했으면 되었지 또 무슨 일이냐며 이해할 수 없다는 표정이었다. 그렇게 업자들이 다 알아서 해준다던 점포는 일 년이 넘게 자물쇠가 굳게 채워져 있었다. 그야말로 한 치 앞도 보이지 않는 나날의 연속이었다. 들어오는 돈은 멈추었는데 나갈 돈만 자꾸 생겨났다. 남편은 답답해서 운동 삼아 나간다고 떠들고 다녔지만 그럴수록 내 속은 더 타들어 가는 심정이었다. 언제나 이 미련한 욕심을 내려놓고 살 수 있을지 후회가 되고 돌아갈 수만 있다면 당장이라도 돌아가고 싶었다. 땅 부자가 맨날 짜장면만 먹고 다닌다던 말이 떠오르고 그 말의 의미를 그제야 좀 알 수 있을 것 같았다. 부동산이라는 것은 팔려야 내 돈이지 결코 내 돈이 아니었다.

남편은 역사 유물 탐사 현장을 시작으로 이마트 카트 정리, 편의점 알바를 하였고 얼마 전부터는 노인 일자리 센터에서 마련해 준 농협에서 하루 3시간씩 근무하고 있다. 힘든 뙤약볕 일이나 카트 정리에 비하면 신선놀음이라고 하지만 그동안 얼마나 마음고생을 했을지 지금 생각해도 마음이 먹먹해진다.

살면서 누구나 선택의 기로에 서게 될 때가 종종 있다. 다음에 또 이런 경우가 내게 생긴다면 나는 과연 어떤 선택을 하게 될까. 다행히 그렇게 바라던 점포에 자물쇠도 이제 풀렸다.

유난히 춥고 힘들었던 겨울, 그 긴 겨울 터널을 이제 막 빠져나오고 있다.

관점

노인대학에서 소풍을 다녀왔다. 그야말로 기대 이상이었다. 요즘 젊은 이들에게 꽤나 인기라는 캐빈우드, 글램핑 체험장이었는데, 내가 걱정했던 것이 무색하게 어르신들이 너무 좋아하셨다. 나 역시도 이런 곳은 처음이었는데 젊은이들이 좋아하는 이유를 이제야 좀 알 것 같다. 도심을 벗어나 한적한 곳에 있고, 무엇보다 조용해서 좋았다. 작은 동물원도 있어 아이들은 물론, 온 가족이 다 함께 와도 좋을 것 같았다.

답사 갔을 때는 초봄이라 그런지 썰렁하고 휑한 느낌마저 들었다. 그리고 시식 중에 나온 그릇이 모두 일회용인 것도 마음에 들지 않았다. 과연 이런 프로그램으로 어르신들을 만족시켜 드릴 수 있을까. 본인들이 화덕에 고기를 직접 구워 드셔야 하고, 단출하게 나오는 반찬도 입에 맞으실지 두루두루 걱정되었다.

그러나 함께 간 교사들 생각은 달랐다. 사람 붐비는 곳에 가면 신경 쓸 일이 한 두 가지가 아닌데 여기선 전혀 그럴 필요가 없다고. 아무래도 연세가 있으시다 보니 오랫동안 걷는 것도 무리인데, 여기선 쉴 수 있는 공간도 많다는 것이다. 또한 조를 짜서 움직이게 되니 모처럼 친교도 이룰 수 있는 좋은 기회가 될 것이라고 했다. 듣고 보니 그럴 것도 같았다. 생각의 관점에 따라 상황이 이렇게도 다르게 받아들여질 수도 있다는 사실이 놀라웠다. 특히 어느 봉사자의 백일장과 그림 그리기 대회에 대한 발

상은 이곳과도 잘 어울릴 것 같다는 생각이 들었다. 그렇게 하여 만장일치로 결정하고 돌아왔다.

그러나 집에 도착하자마자 마음이 복잡해지기 시작했다. 걱정했던 부분들이 다시 하나, 둘 되살아나기 시작했고, 심지어는 다른 곳을 검색하기에 이르렀다. 어르신들의 불평이 귓가에 들려오는 듯했다. 소풍이라고 잔뜩 기대하고 왔더니 하필 이런 곳이었냐고, 음식은 또 이게 뭐냐고. 그동안은 소풍 때 대부분 답사 갔다가 미리 예약해 놓은 식당을 이용했었기 때문이다. 고심 끝에 함께 갔던 봉사자에게 전화를 걸고 말았다. 분명 다정하고 온 일인데 이렇게 뒷북을 치다니, 충분히 화가 날 수도 있는 상황이었다. 그러나 그분은 끝까지 차분하게 나의 염려를 들어 주었고, 충분히 이해가 간다며 공감도 해주었다. 그리고 이번엔 우리 다 함께 준비해 보자고 했다. 어르신들이 더 기운 떨어지기 전에 색다른 체험을 시켜드리는 것도 의미가 있지 않겠냐는 것이었다. 통화를 하고 나서야 겨우 내 생각을 말끔하게 정리할 수 있었다. 얼마나 부끄럽게 느껴지던지…. 너무 부담 갖지 말고 우리 다 함께 준비해 보자는 말이 깊이 가슴에 와닿았다.

부족하다고 느껴지는 부분들을 이것저것 챙기면서, 일회용이 아닌 그릇도 챙겨 넣었다. 비가 온다는 기상청 예보와는 달리 신기하리만큼 날씨가 좋았다. 출발하기 전 캠핑장을 소풍지로 선택하게 된 이유를 간단하게 설명해 드리며, 오랜만에 젊음을 마음껏 느껴보시라는 말도 곁들였다. 그랬더니 의외로 박수가 터져 나왔다.

도착하니 앙상하기만 했던 나무들은 숲을 이루고 있었고, 울긋불긋한 꽃들과 하얀 배꽃이 장관을 이루고 있었다. 캐빈우드 앞 징검다리 도랑엔 맑은 물이 졸졸 흐르고 미나리 싹도 보였다. 갑자기 활기가 되살아나는 듯했고, 정말 좋다는 탄성이 여기저기서 터져 나왔다. 이렇게 좋아하시는데 왜 나 혼자 그렇게 갈팡질팡했었는지 어이가 없고 웃음만 나왔다. 하마터면 나의 우유부단함이 적나라하게 드러날 뻔했다.

노인이라는 특성만을 너무 염두에 둔 나의 지나친 생각이 좋은 기회를 놓치게 할 뻔했다. 몸은 늙었어도 마음은 청춘이라고 하시던 말이 괜한 말이 아니었다. 나의 생각을 꽉 붙잡아 준 봉사자들이 고맙고, 이번 소풍은 나에게도 오랫동안 잊히지 않는 소풍이 될 것 같다.

『수필』

이 동 석

한마디

올바른 가르침을 주는 선생님과 사회 존경 받는 사람들의 가르침을 경청할 줄 아는 청소년들로 커갈 수 있는 사회가 되기를 희망해 본다.

약 력

- 《한국수필》(2016) 등단
- 중랑문학상 우수상(2021)
- 한국수필가협회 회원, 참좋은문학회 회장 역임
- 수필집: 『따뜻한 밥 한 그릇』

선을 지킨다는 것 외 1편

요즘 따라 아는 사람의 이름이 금방 생각이 안 나서 걱정이다. 노화 현상이려니 스스로 위로하면서도 두려운 생각이 든다. 지인의 부인이 십여 년 동안 알츠하이머로 고생하다가 나중에는 자식과 남편도 몰라보게 되었다. 결국 치매 관련 병원에서 수년간 지내다 다른 세상으로 떠났다. 그 모습을 지켜보며 가족이 겪었을 마음의 상처가 얼마나 컸을까 짐작한다. 주변에 그러한 가정이 의외로 많이 있다. 그래서 나도 그러한 일을 겪지 않으려고 두려운 마음에 운동도 하고 유사 의학 프로그램을 자주 보는 편이다.

화투가 치매에 좋다고 해서인지 시골의 마을회관에서 노인들이 화투놀이를 자주 한다. 적은 돈으로 하는 놀이이지만 놀이와 도박의 차이가 일반인이 판단하기에는 애매하다고 한다. 화투 치는 사람의 수입에 따라 판돈이 달라지고, 경찰은 그 금액을 기준으로 도박 여부를 판단해서 입건 여부를 가린다.

1970년 중반 이후에는 기술자들이 만 5년 동안 중동에서 근무하고 병역을 면제받는 제도가 있었다. 그 혜택을 받은 고등학교 후배를 1980년대 이란 현장에서 만났다. 십 년 이상을 더운 모래사막과 민가도 없는 삭막한 곳에서 얼마나 힘이 들고 세월이 안 갔을지, 내가 3년을 지내고 보니 알 것 같았다. 휴가도 1년에 한 번, 두 번째 해에서는 9개월에 한 달 휴가를 준다. 휴가는 현장 출발과 복귀까지 포함하는지라 실제 휴가는 이십여 일 정도이다. 자식이 아빠를 아저씨라 부르는 이유를 알 것 같았다.

이슬람교를 믿는 나라는 금요일이 휴일이다. 후배가 목요일마다 화투 멤버를 데리고 내 방에 놀러 왔다. 세월을 보내려면 고스톱을 쳐야 한다는 것이다. 해외에서 첫해를 보내는 선배를 위로하기 위해서였다. 십 년의 고수와 초보의 차이는 돈으로 메울 수밖에 없었다. 현장에서 직원들은 한 달에 물값 백 달러를 받는다. 고스톱을 치기 위해서 점당 백 원인데도 겨우 한 달을 버티는 정도였다. 돈은 잃었지만 삼 년의 세월은 잘 지나갔다. 지금도 그 후배들이 우리 집에 가끔 놀러 와서 우리 집 마당에서 캠핑하며 자고 간다. 물론 그때처럼 고스톱을 치자고는 하지 않는다. 그들이나 나나 고스톱을 안 한 지는 한참 됐다.

내가 이란 현장에 있을 때는 한국인 근로자가 이천 명이 넘었다. 건축, 기계, 용접, 페인트, 철골 등등 다양한 직종의 기술자들이 있었다. 그중에 현정이라는 직종이 있는데, 그들은 기술이 없고 현장 정리와 기사들의 심부름 및 보조 역할을 했다. 그 직종에 도박사 두 명이 위장 취업을 해서 현장에 왔다. 다른 근로자들에게 화투를 가르치고, 담배 내기를 해서 잃어주며 몇 개월의 사전 공작을 벌였다. 그 후에 서서히 도박이 시작되어 큰돈을 잃는 사람이 생겼다. 돈을 잃은 사람들은 집에서 돈을 보내오는데 먹지를 싸서 보내라고 했다. 그래야 엑스레이를 통과하기 때문이었다. 그 당시 이란은 이슬람 혁명 후인지라 음란물 반입을 단속한다는 이유로 우편물 검색이 있었다. 하지만 테헤란을 통과한 두툼한 우편물은 현장 근처인 뷰샤 우체국에서 불빛에 비추면 검은색인데, 편지를 개봉하면 돈이 나오곤 하니 그들이 편지를 뜯는 일이 벌어졌다. 우체국에서 돈 빼먹는 재미에 편지를 자주 개봉하니 내용이 다른 사람과 바뀌는 우스운 일도 생기곤 했다. 결국 도박으로 폭력 사건이 발생하여 대사관에서 도박사 두 명을 국내로 압송하여 마무리되었다.

십여 년 전까지도 상가(喪家)에서는 화투를 많이 쳤다. 그때 배운 화투 실력으로 선배들과 치면 내가 승률이 상당히 높아서 선배들이 '꾼'이라고 놀리곤 했다. 그 돈으로 다음 날 부서에 음료수 돌리며, 선배들께 돈을 잃어줘서 고맙다고 하면 "이제 너랑은 안 친다."고 했다. 그런데 또 다른 상가에 가게 되면 복수심 때문인지 나를 꼭 끼워 주었다. 요즘에는 그런 모습이 없어져서 아쉽기는 하다. 하지만 오락으로 어쩌다 할 뿐이지, 내 위에 수많은 고수가 있다는 걸 나도 잘 알기에 기를 쓰고 할 마음은 없다.

동창 중에 도박으로 아직도 교도소를 드나드는 친구가 있다. 결혼 초에 친척이 자기의 금은방에서 일을 하게 해 주었다. 친척의 금과 보석을 다른 집으로 가져다주지 않고 도박으로 잃어버리고, 사기에 연루되어 교도소에 수감되었다. 얼마 전에 그 친구 동생을 우연히 만났다. 자기 형 때문에 미국으로 이민 간 누나가 동생이 저지른 사기 사건으로 피해를 보아서 자살했다고 한다. 형 때문에 집안이 다 망했다고 하소연한다. 친구의 아내는 우리 동창의 동생이니, 그 오빠의 마음은 얼마나 비통할지 안타깝다.

화투를 치매 예방이나 오락으로 즐길 수도 있지만, 도박이 되어 빠져들면 손을 잘려도 나머지 손으로 한다고 한다. 도박을 직업으로 하는 조직과 전문꾼이 있다는 것은 우리도 이미 알고 있으니 모든 사행성이 있는 화투와 같은 오락은 선을 지키는 것이 가장 바람직한데, 아는 것과 지키는 것은 하늘과 땅 차이이니 그것이 문제다.

누군가 해야 할 일

우리 아파트 동과 동 사이에는 아담한 팔각정과 운동 기구들이 있다. 운동하는 사람들과 친한 사람들끼리 담소를 나누는 모습이 보기 좋다. 그 옆에 가끔 고양이 두 마리가 사랑놀이로 시끄럽게 하지만, 그것조차 정겹게 느껴져서 저녁 식사 후에 가벼운 운동을 하기 위하여 자주 이용한다.

이곳에 평화가 오는 데는 시간과 마음고생이 필요했다. 1년 전 이곳은 중학교 2, 3학년으로 보이는 학생 열서너 명 정도가 모여 담배 피우고 술 마시고 고성방가까지 하는 장소였다. 그러나 누구도 그들에게 싫은 소리 하지 않았다. '북한도 어디로 튈지 모르는 중 2학년이 무서워 우리나라와 전쟁을 못 한다'는 우스갯소리가 괜히 있는 건 아니었나 보다. 아파트 경비원들도 휘말리기 싫어서인지, 두려워서인지, 통제를 잘 안 하는 것 같았다. 나중에 정자는 물론 어린이 놀이터까지 점령하여 어른들이 얼씬도 하지 못했다. 내가 눈치를 줘도 모른 체하며 저녁 열 시 정도가 지나야 마지못해 다른 장소로 이동하곤 했다.

어느 날, 저녁 식사 후에 운동하기 위해 그곳에 가니 담배 연기가 자욱하고 술 마시며 남녀 구분 없이 소리 지르고 욕지거리를 하며 난장판이었다. 막 가는 아이들 모습에 화가 치밀어 올랐다. 큰소리로 "조용히 못 해? 이곳이 담배 피고 술 마시는 곳이냐? 모두 이곳에서 나가지 못 해?" 하니 애들이 실실 웃고 상말을 하며 몇 명은 나에게 덤비려 했는데 그중 몇 여자애들과 남자 몇 명이 나의 기세에 움찔해서 주섬주섬 일어섰다. 그 모습에 용기를 얻은 내가 다시 한마디 했다. "너희들 이 아파트에 사는 아이들도 아니고, 공공장소에서 술 마시고 담배 피우며 고성방가하는데, 112에 신고할까?" 했더니 여학생 한 명이 이 아파트 산다고 해서 몇 동 몇 호냐고 물으니 대답을 못하고 머뭇거렸다. 몇 명 아이가 눈을 부라리더니 땅바닥에 침을 뱉고, '재수 없다'며 다른 곳으로 가자며 일행을 이끌고 떠났다. 며칠 후에 한 번 더 이런 소란을 치른 후에야 이 아이들이 다시 오지 않았다. 만만한 다른 장소를 찾은 것 같다.

그 후에는 나보다 연하로 보이는 사람 몇몇이 정자에서 담배를 피우고 꽁초를 바닥에 버렸다. 내가 '그러면 되겠느냐'고 몇 번 면박을 주고 고성이 오가고 나서야 그들이 그곳에서 담배를 피우지 않게 되었다. 그곳엔 금연 스티커가 붙어 있고 십 미터 이내에 흡연 장소가 있는 데도 꼭 정자에 앉아 담배를 피우는 까닭을 모르겠다. 공공질서를 남의 일로 생각하는 몰지각한 사람들이 의외로 많다.

아내는 밖에 나가서 시시비비를 따지는 나에게 뭐라고 한다. 방송에서 그릇된 행동을 훈계한 노인을 따라가서 층계에서 밀어 다치게 했다는 일과 비슷한 유형의 뉴스를 같이 본 적이 있어서 사고로 이어질까 봐 걱정하는 눈치다. 내가 젊어서 운동하던 때도 아니고, 싸움에 휘말릴까 걱정이 되어서 하는 말인 것은 나도 안다. 그런 끔찍한 뉴스 때문인지는 몰라도 버스나 전철 안에서 그릇된 행동에 대하여 훈계하는 사람들이 없어진 것 같아서 씁쓸하다.

요즘에는 선생님이 학생에게 폭행을 당하고, 자기 자식이 부당한 대우를 받았다고 학부모가 지속적으로 선생님을 협박하고 법원에 고소하는 경우가 허다하다. 학부모에게 너무 시달려 선생님이 자살하는 안타까운 일도 벌어졌다. 그런데 어느 나라는 학교에서 학생에 의한 폭력이 발생하면 학교 내에 있는 경찰이 폭력을 저지른 학생을 분리 조처하고 곧 바로 법적인 절차로 들어간다고 한다. 자유와 의무에 대한 사항이 철저한 것이다. 선생님의 올바른 가르침이야말로 학생들이 어른으로 바르게 성장하는 길이다. 그렇지만 요즘 학교는 수업 시간에 스마트폰을 보고 엎드려 자도 제어할 방법이 없단다. 심지어는 초등학교 고학년이나 중학교에서 여선생님께 성희롱 발언을 하는 아이들도 있다고 한다. 언제부터인가 도덕이 거꾸로 가는 우리의 현실이 안타깝다. 요즘 벌어지는 심각한 사회현상 때문에 교권에 대한 강화가 국가적으로 검토가 된다고 하니 늦은 감이 있으나 다행이라고 생각한다. 올바른 가르침을 주는 선생님과 사회 존경 받는 사람들의 가르침을 경청할 줄 아는 청소년들로 커갈 수 있는 사회가 되기를 희망해 본다.

『수필』

최 종 찬

한마디

애틋한 사랑은 사람의 감성을 자극하는 가장 큰 이야깃거리 중의 하나이다. 그러나 애틋한 사랑보다는 평범한 사랑이 더 위대한 것이 아닐까?

약 력

- 중랑문학신인상 우수상(2018)

여행은 아름다워

\# 장면 1

오랜만에 다시 만난 우리들은 이곳저곳에서 몽글몽글 이야기꽃을 피우느라 여념이 없다. 이윽고 오늘 모임의 본론인 여행 이야기를 꺼냈다. 소풍 당일보다는 오히려 소풍을 기다리며 설레는 시간들이 더 좋은 법. 여행에 대해 의견을 나누는 친구들의 목소리는 경쾌하다. 우리는 패키지 여행보다 자유 여행을 선호한다. 우리가 원하는 대로 시간과 장소를 정할 수 있는 여행의 묘미가 있기 때문이다. 이번에는 내가 좀 시간을 내어 비행기표를 예약하고 여행지 정보 등을 알아보고 일정표를 짜 보았다. 다른 친구들도 힘을 보태 주었기 때문에 괜찮은 계획안이 마련되었다. 아직 여행을 떠나려면 두 달여의 시간이 남았지만 그날이 빨리 왔으면 하는 마음이다.

\# 장면 2

새벽 4시. 인천으로 가는 공항리무진 첫차를 탔다. 이런 꼭두새벽에 버스가 운행되고 있다니……. 여행도 부지런해야 할 수 있는 듯하다. 드디어 친구들과 여행을 떠나는 날이다. 이런 시간에 출근을 해야 한다면 몸과 마음이 무거웠겠지만 지금의 내 마음은 우아한 날갯짓을 하며 하늘을 나는 나비와 같다. 옆에 앉아 있는 아내를 살짝 보았다. 아내의 마음도 나와 같을 것이다. 아니, 아내의 마음은 파아란 창공을 휘젓고 다니는 제비와 같지 않을까? 몇 년 전부터 시댁에 들어와 시어머니를 모시고 살아가는 게 쉽지 않았을 것이다. 아내에게 새삼 고마운 마음이다. 살짝 손을 내밀어 아내의 손을 잡아 주려는데 아내의 반응이 궁금했다. 괜히 멋쩍은 상황만 연출되는 것은 아닐까? 순간, 끼익 소리와 함께 버스가 급제동했다. 나의 시도도 함께 멈추어졌다.

장면 3

호핑 투어를 하는 날이다. 스노클링을 하며 형형색색의 물고기들을 바라보는 재미가 쏠쏠했다. 남편은 물 만난 고기이다. 물속에 들어가 거북이를 직접 만져봤다니, 멀리 저편 태평양까지 진출하고 싶었는데 참았다느니 이바구가 심상치 않다. 이게 얼마만의 여행인가? 그동안 정기적으로 친구들과 여행을 다녔는데, 코비드19로 중단되었던 여행을 다시 오게 된 것이다. 역시 꿈은 이루어지게 되나 보다. 버진아일랜드가 무척 인상적이었다. 이온 음료 포카리스웨트의 광고 촬영지로 유명해졌다는 곳이다. 물이 빠지면 넓은 바다 가운데 하얀 모래사장이 나온다는데 우리가 갔을 때에는 허리 정도까지 물이 차 있었다. 그것도 좋았다. 바다 가운데 이런 장소가 있다니. 멀리 맹그로브 나무가 두 그루 서 있었다. 몇 친구들과 함께 그곳을 향해 수영 반, 걸어서 반으로 다가갔다. 바다의 짠물 속에서도 왕성한 생명력을 보이며 자라나는 맹그로브 나무가 대단하게 보였다. 나무에 올라 인생 사진도 몇 장 찍었다.

장면 4

팔라오 섬을 떠나 보홀로 향했다. 동남아시아 일대에 서식하는 안경원숭이를 만나 본 후, 초콜릿 힐에 들렀다. 초콜릿 힐 전망대에 오르는 길은 이백여 개의 계단으로 이루어져 있었다. 쉬지 않고 한숨에 올라가며 체

력 테스트를 해 본다. 서서히 힘에 부칠 즈음 정상에 도착했다. 위에서 내려다본 풍경은 일품이었다. 크고 작은 언덕들이 봉긋 봉긋 솟아 있었고, 그 사이로 작은 마을과 논밭들이 평온함을 뿜어내고 있었다. 이곳에는 약 30~50m 높이의 원뿔 모양 언덕이 1,200개 정도 있다 한다. 그 언덕 모양이 마치 은박지로 쌓여 판매되는 키세스 초콜릿과 닮았다 하여 초콜릿 힐이란 이름이 붙었다고 한다. 건기에는 언덕 상부의 풀이 건조해지며 실제 초콜릿색으로 바뀐다고. 전망대에 올라 보니 경주에서 보았던 왕릉을 보는 느낌이 들기도 했다. 초콜릿 힐은 카르스트 지형인데, 생성 원인에 대해 다음의 전설이 전해진다. 한 거인이 아름다운 여인과 사랑에 빠졌다고 한다. 그런데 그만 여인이 병들어 죽게 되었고, 이에 거인이 슬픔에 빠져 흘린 눈물이 초콜릿 힐이 되었다는……. 세계 곳곳에서 발견되는 애틋한 사랑 이야기가 이곳에서도 찾아볼 수 있다. 사랑, 그것도 애틋한 사랑은 사람의 감성을 자극하는 가장 큰 이야깃거리 중의 하나이다. 그러나 애틋한 사랑보다는 평범한 사랑이 더 위대한 것이 아닐까? 애틋한 사랑은 수명이 짧다. 또 애틋함이 사라지면 때로 다 식어버린 자장면과 같이 되어버리는 경우도 있다. 맛도 볼품도 없는 처치 곤란의……. 그보다는 은근하고 평범한 사랑이 더 낫다. 그 사랑이 우리의 일생을 지탱하는 커다란 원동력이지 않은가?

장면 5

인천행 비행기를 기다리며 즐거웠던 시간들을 돌아본다. 최근까지도 회사 일로 신경 쓸 일이 많았는데 잠시 그 모든 것을 잊어버릴 수 있음이 감사하다. 이것이 좋은 사람들과 함께하는 여행의 장점이 아닐까? 내일부터는 다시 일상으로 돌아가야 하는 부담이 있지만 친구들과 다시 떠날 다음 여행을 생각하며 힘을 내보려고 한다. 이번 여행의 마무리는 내가 할 것이다. 여행 기간 동안 찍었던 사진과 일정을 정리하고 앨범도 만들어 봐야겠다. 회사 일이 바쁘긴 하지만 오히려 그런 정리의 시간이 내 삶의 활력소가 될 것이다.

* * * * *

지난 3월, 다섯 쌍의 부부가 함께 여행을 떠났다. 그들의 마음과 생각을 상상하여 글을 써보았는데, 혹시나 잘못 쓴 부분은 있지 않을까 염려되기도 한다. 친구들의 양해를 구한다.

〈인생은 아름다워〉라는 영화를 감명 깊게 본 적이 있다. 고통과 어려움이 많은 삶 속에서 사랑과 희망을 잃지 않고 살아가는 아름다운 영화이다. 그렇다. 인생은 아름답다. 그리고 여행도 아름답다. 특히 아름다운 친구들과 함께하는 여행은 더욱더 아름답다. 그 친구들과 함께하는 다음의 아름다운 여행이 기다려진다.

『수필』

함경달

한마디

〈건국전쟁〉 다큐멘터리 영화를 보고 마음이 찡하고 가슴이 메어 눈물이 자꾸만 났다. 나도 모르게 왜 뜨거운 눈물이 옷깃을 적셨을까?

약 력

- 《문예사조》(2018) 등단
- 문예사조문학상 최우수상, 전우뉴스신문 최우수상(2020), 대한법률신문사 시 부문 최우수상(2021), 수필 부문 최우수상(2019), 대한민국보국훈장삼일장 수상
- 한국문인협회 회원, 문예사조편집위 부회장, 한국전쟁문학회 이사
- 저서: 『나의 조국』(2021)

건국전쟁-'이승만 전 대통령의 공과'

–"뭉치면 살고 흩어지면 죽는다" 민족화합 외친 이승만 대통령 재조명

초대 이승만 대통령(1975~1964)의 일대기 〈건국전쟁〉 다큐멘터리 영화를 보고 마음이 찡하고 가슴이 메어 눈물이 자꾸만 났다. 나도 모르게 왜 뜨거운 눈물이 옷깃을 적셨을까?

필자는 육군 장교로 월남전쟁(1964~1973)에 소대장으로 1971년 참전한 경험이 있었고, 수많은 전우가 세계 자유민주주의 수호와 대한민국의 국익을 위해 파병되어 정글에서 목숨을 잃었다. 1945년 제2차 세계대전이 끝난 후 미·소 냉전 시대에 자유 진영과 공산 진영이 싸우던 비극적 전쟁이 종식되고 1975년 '자유월남공화국(남베트남)'은 북베트남군에 의해 패전하여 현재의 '베트남사회주의공화국(베트남)'이 건국되었다. 따라서 남베트남이 지구상에서 영원히 사라지는 모습을 직접 목격한 산 경험자이기에 〈건국전쟁〉 다큐멘터리 영화의 가치는 더욱 빛을 발산하고 있다.

이승만은 1875년 황해도 평산군에서 양령대군(讓寧大君)의 16대손으로 출생했다. 1897년(22세) 만민공동회에서 '군주국 조선에서 공화국인 왕정(王政) 폐지'를 주장하여 사형선고를 받고 투옥 후, 무기징역으로 감형되었다. 1904년(29세) 6년 만에 석방되었다. 옥중에서 『독립정신』이라는 책을 집필, 5천여 년 동안 지속해 온 왕정(王政)을 민주공화정(共和政)으로 탈바꿈시켜 세계화와 선진화를 지향하는 대한민국의 건국이념을 제시했다. 1919년(34세) 3·1 운동 직후 상해임시정부 초대 대통령으로 옹립되었다.

1922년~1930년(55세) 미국 워싱턴에서 정치인들을 상대로 한국독립을 위해 적극적 외교활동을 펼쳤고, 1942년(67세)에는 2차 세계대전 종전을 앞두고 소련의 얄타에서 개최한 미·소·영 연합군의 한반도 신탁통치 방안을 강력하게 규탄했다.

8·15해방 후 이승만의 주요 업적은 70세의 노령(老齡)으로 1945. 10. 16. 40년간의 미국에서 외교적 독립 활동을 청산하고 자유민주주의와 시장 경제만이 살길이며 공산주의는 절대 불가하다는 굳은 의지를 가슴에 안고 귀국했다. 이어 1948년 7월 초대 대통령으로 당선된 후 2대와 3대 대통령으로 1960년 4월까지 12년간 재임했다. 한편 북한은 1946년 1월 임시인민위원회를 발족하였기에 1946년 6월 3일 이승만은 전북 정읍에서 남한만의 단독 정부수립 발언으로 소련 주도의 한반도 공산화를 막았으며, 1948년 대한민국 건국에 기여하였다. 당시 극단적인 이념 갈등으로 수많은 국민은 사회주의를 선호하여 제주4·3사건과 여수·순천사건, 지리산 빨치산 무장 활동 등 내전(內戰) 상황이었으나 이승만은 이를 극복하고 1948년 8월 15일 자유민주주의 대한민국을 건국했다.

필자는 백범 김구 선생을 평소에 추모했다. 그러나 새로운 사실 자료가 다큐영화에서 밝혀졌다. 1948년 4월 북한을 다녀온 후, 김구와 주한대만 류위완 대사 간의 대화록(1948.7.11)이 2009년 9월 공개되었다. 김구는 "북한이 곧 쳐내려오는데 남한은 지금부터 무슨 대비를 해도 못 막는다. 한반도 전체가 곧 북한에 넘어갈 텐데 내가 왜 이승만을 도와서 단독선거 치르냐."라는 내용에 필자는 경악을 금치 못했다. 김구는 1948년 4월 남북분단을 막고 통일 정부를 수립하자는 목적으로 김일성을 평양에서 만났다는 것이다. 이어서 대국민 환영 행사에서 "여러분 이북은 절대 우리를 공격하지 않습니다."라며 미군 철수도 주장했다. 그로부터 26개월 후 소련 스탈린의 남침 지령을 받은 김일성에 의해 6·25전쟁이 발발했고 대한민국은 풍비박산되었다.

1948년 여수·순천사건을 계기로 구국을 위한 신의 한 수인 국가보안법을 제헌국회를 통해 반국가 활동을 규제할 목적으로 제정했다. 이 국보법에 따라 5천여 명의 간첩을 색출하였고 33만 명의 남로당원을 숙청하여 대한민국의 공산화를 저지했다. 만약 남로당을 숙청하지 않았다면 6·25전쟁 시 우리 대한민국은 지구상에서 영원히 사라졌을지도 모른다. 생각만 해도 오금이 저린다.

이승만은 공산주의는 콜레라와 같다는 등 철저한 반공주의자였다. 이를 입증하듯 1975년 남베트남이 공화산화 된 후, 당시 주월남(남베트남) 미 대사였던 테일러(6·25전쟁 시 미 8군 사령관)는 월남에 이승만 같은 분이 계셨더라면 공산화는 저지되었을 것이라고 아쉬움을 표한 바 있다.

이승만은 6·25전쟁 발발 직전에 토지 개혁을 완료하여 공산화를 저지하고 경제 발전을 도모했다. 북괴군이 6·25남침 직후에는 남한 국민에게 토지재분배 회유를 해도 그들의 기만에 넘어가지 않았다는 것이다. 토지개혁으로 인해 지주(地主)에게는 삶을 보장하고, 농민에게는 토지를 무상분배하여 삶의 터전을 마련하였으며, 사업가에게는 사업을 통한 자본을 축적하여 경제 발전의 커다란 계기를 마련하는 등 일거삼득을 이루었다. 서남아시아, 필리핀, 중남미 국가들은 토지개혁을 못해 지주층은 그대로 상류층으로 남아 있고 일반 국민은 대부분 가난하게 살고 있으며, 파키스탄은 봉건적 잔재가 아직도 남아 있다.

이승만 대통령(80세)은 국군통수권자로서 탁월한 리더십을 발휘했다. 6·25전쟁이 발발되었을 때 오랜 미국 생활을 통해 쌓은 미국 내 인맥을 총동원하여 북괴군 남침 후, 5일 만에 미국 지상군 파병을 신속하게 파견 결정에 성공했고, 뒤이어 7월 초 UN군을 파견하도록 외교력 발휘로 UN군 22개국을 조기에 참전하도록 유도하였다. 이어 9.15. 인천상륙작전 성공과 9.28. 서울 수복, 10.1일 38선을 돌파하여 압록강 두만강까지 진격하도록 국군통수권자로서 외교력을 발휘했다.

또한, 주한 UN군 사령관에게 한국군 작전 지휘권을 이양하여 전쟁의 효율성을 높였다. 80세의 노구(老軀)인데도 최전선 지역에서 치열하게 전투 중인 UN군과 국군을 격려차 매주 1회 이상 총 279회 방문했다. 포탄이 빗발치는 전방 격전지였던 백마고지, 단장의 능선(양구 동북방) 및 펀치볼 전투 지역까지 쌍발기와 연락기를 번갈아 타고 순시하셨다. 이런 열정을 본 국군과 미군 장성들은 더욱 충성과 존경을 표했다. 지난 74년 동안 주한 미군은 대한민국 안보와 국토방위의 주춧돌이 되었고, 대한민국은 자랑스럽게 세계 10위권의 경제발전 국가가 되었다.

6·25 때 한강철교 폭파는 북괴군의 남침으로 작전 계획에 따라 시행되었다. 우리는 지금까지 피난민들이 다리 위에 가득할 때 한강철교를 폭파하여 피난민 800여 명 사망했다고 알려졌으나, 실제로는 피난민을 안전통제한 후 폭파했고, 즉시 다리 옆에 인도교(부교)를 따로 만들어 안전하게 피난하도록 조치하여 단 한 명도 사망하지 않았다는 실증과 증언이 공개되었다. 〈건국전쟁〉 다큐영화에서 밝혀진 바와 같이 한강철교 폭파 사진은 사실이 아니며 북한 '평양대동강철교 폭파 사진'으로 확인되었다.

85세의 이승만 대통령은 4·19사태로 인해 1960년 4월 26일 하야한 후 생활용품만을 비행기에 싣고 눈물을 흘리며 미국 하와이로 망명길에 올랐다. 준비 없는 유랑이었기에 돈이 없었고 병원비와 생활비까지 한인 동포들의 도움을 받아 5년 동안 어렵게 생활하시다 1965년 7월 19일 90세로 조국을 그리워하며 외롭게 운명(殞命)하셨다.

필자는 어렸을 때 이승만 대통령의 '뭉치면 살고 흩어지면 죽는다'라는 라디오 전파 목소리를 떠올리며 〈건국전쟁〉 다큐 영화를 감상했다. 대한민국 여성 독립운동가인 김활란(金活蘭) 여사께서 "이승만은 미국의 조지

워싱턴, 토머스 제퍼슨, 그리고 에이브러햄 링컨을 모두 합친 만큼의 위인이시다"라는 극찬에 공감한다.

現 세계 자유민주주의 국가뿐 아니라 공산사회 국가에서도 자국의 건국대통령(지도자)의 기념탑과 기념관 그리고 기념 공원 하나 제대로 건립하지 않고 국민 교육과 역사를 논하는 국가는 없다.

『수필』

이종극

한마디

까만 하늘 눈부신 불빛 아래 꽃잎들의 춤의 향연 펼쳐지면 그 현란한 춤사위에 보는 눈이 다 황홀하다.

약 력

- 《한국수필》(2022) 등단
- 한국수필가협회, 참좋은문학회 회원

어느 봄날 외 1편

봉화산, 망우산 기슭에 자리하고 있는 근무지는 700여 세대. 일상에서 늘 마주하는 이웃들이 오순도순 살고 있다. 서울 중심에서 동북 방향으로 경기도와 맞닿아 있고 서울을 둘러싸고 있는 산과 가까워 도심보다 공기도 한결 맑고 차다.

해마다 이맘때면 관리동 앞 화단에 홍매화를 선두로 산수유, 목련, 개나리, 영산홍, 철쭉, 민들레가 저마다 자태를 뽐내며 봄의 전령임을 과시한다. 경로당 뒤뜰 최고령 목련은 수백 송이 꽃망울에 우윳빛 속살을 살포시 드러내 보이고, 꽃 중의 왕 모란은 그 벙근 모습만으로 보는 이의 마음을 설레게 한다. 5월의 여왕 장미는 수천 송이 몽우리를 가시 돋은 줄기에 실어 울타리를 차지했고, 도로변 화단 담장을 따라 군락을 이룬 벚나무 꽃잎들은 가는 실바람에도 추운 듯 온몸을 떨어댄다. 서산 너머 해님 지고 도시에 어둠이 내리면 가로등 불빛 조명 삼아 꽃잎들의 무도회가 펼쳐진다. 까만 하늘 눈부신 불빛 아래 꽃잎들의 춤의 향연 펼쳐지면 그 현란한 춤사위에 보는 눈이 다 황홀하다.

봄소식을 전하는 건 어디 꽃들뿐이랴. 이른 아침, 참새 가족을 시작으로 대여섯 종의 새들이 번갈아 날아든다. 출석 체크라곤 해 본 적이 없건만 요즘 같은 봄날이면 하루를 안 거른다. 높다란 가지 위에 자리 잡고 무슨 수다를 그리 떨어대는지 십 년 만에 동창 만난 여인네가 따로 없다. 실컷 재잘대다 떠나간 나무 아래에 출석 증표인 양 흔적을 꼭 남긴다. 느티

나무 옹이를 화풀이하듯 쪼아대며 한 성질 하던 외톨박이 딱따구리 녀석은 요즘 재택근무 중인지 소식이 뜸하다. 11층 수연이 할머니가 채반에 널어 말리던 가자미 여덟 마리를 몽땅 물고 내뺀 직박구리 오 형제는 화가 난 할머니가 벼르는 줄 모르는지 또다시 기웃거린다. 관리동 앞마당을 한가로이 뒤뚱대며 산책 중인 까마귀 부부도 반갑다. 커다란 덩치 탓에 가자미 절도범으로 오인한 할머니의 물바가지 세례와 작대기찜질을 면한 건 내 해명 덕분인 줄 모르는지 아직 고맙다는 인사도 없다. 얼마 전 짝을 지은 까치 한 쌍도 빼놓을 수 없다. 흑백 연미복의 단정한 옷차림에 몸매도 이쁘나 성격은 좀 그런지 직박구리 녀석들이 이리저리 쫓겨 다닌다.

하늘과는 달리, 땅 위는 한가롭기 그지없다. 울타리 틈새를 출입로 삼아 제집처럼 드나드는 길냥이 녀석들도 빼놓을 수 없는 단지 식구들이다. 관리동 앞 B동 지하 계단 아래에서 새끼 네 마리를 출산한 얼룩 냥이를 비롯해 한 녀석도 전입 신고는 고사하고 방문증조차 끊는 일이 없다. 전입신고를 하지 않아 몇 가구인지 알 수 없으나 눈에 띄는 녀석만 해도 대여섯 가구쯤 될 것 같다.

관리소 뒤쪽 담장을 무시로 넘나드는 까망 냥이 저 녀석이 대장인 듯하다. 얼굴이 익어서인지 나와 마주쳐도 동그란 눈만 더 크게 뜨고 바라볼 뿐 피하지도 않는다. 마치 눈싸움이나 얼음땡 놀이라도 하겠냐는 듯 미동도 하지 않는다. 나보다 전입 일자가 빨라서인지 쳐다보는 눈길이 좀 건방져 보인다. 조만간 저 녀석을 길냥이 대표 자격으로 회의실로 불러 지하 계단 쪽은 묵인할 테니 지하 주차장 차량 위에서 잠자는 소행은 좀 그만두라는 협상을 해야 하나 회담 성과는 장담할 수 없다. 이들 모두가 빼놓을 수 없는 단지 식구들이다. 도심에선 누리기 어려운 자연환경의 선물이자 작은 호사가 아닐 수 없다.

자연환경을 닮아서인지 대다수 입주민도 착하고 어질다. 며칠 전 주민

한 분이 관리소에 오셨다. 무슨 일로 오셨냐고 묻기도 전 요즘 연일 환경 정비 작업에 수고가 많다며 들고 온 음료수 상자를 탁자 위에 내려놓았다. 감사하다며 커피라도 한잔하고 가시라는 말에 손사래 치며 총총히 되돌아간다. 여느 단지의 관리소 풍경이기도 하나 그런 이웃들로 업무의 고단함을 잊는다.

여덟 번째 맞이한 내 집 같은 근무지 아파트의 봄날 정경이다. 이번 봄은 왠지 좋은 일이 많을 것 같은 느낌이 든다. 불의의 사고, 분쟁, 머리 아픈 민원이 발생하지 않거나 많이 줄어 입주민 모두가 또 다른 단지 식구들과 더불어 무탈하고 평안한 봄이 되어 내 예감이 적중하길 소망해 본다.

스님과 신발

어릴 적부터 불자이신 어머니를 따라 절에 다녔다. 절에 가는 것을 싫어하지 않아서인지 어머니는 절에 가실 때 곧잘 데려가곤 하셨다. 집에서 이십여 분쯤 되는 거리에 절(포교당)이 있었다. 스무 계단을 올라 넓은 경내로 들어서면 코끝에 스치는 향 내음과 바람에 딸랑거리는 처마 끝 풍경 소리가 좋았다. 대웅전 옆문으로 법당에 들어가 부처님께 합장과 반배로 인사드린 후 불단 위 향로에 향을 피운다. 어머니는 향 피우는 일은 항상 나에게 시키셨다. 더러 절에서 마주치는 이웃분들이 어머니를 따라다니는 나를 기특해하면 어머니는 내가 태어날 때 목에 염주를 걸고 나왔다며 은연중 부처님과의 인연을 얘기하셨다. 태어날 때 탯줄을 목에 걸고 나온 것을 염주를 걸고 나온 것으로 여기며, 부처님과 특별한 인연이 있다고 믿는 어머니였다. 그런 말을 듣고 자랐기에 학교에서 매 학년 초 작성하는 가정환경 조사서 종교란에 망설임 없이 불교라 적었다.

그 시절, 한 달에 한 번 정도 집으로 시주 스님이 찾아왔고, 어머니는 그때마다 쌀독의 조롱박 바가지에 쌀을 가득 담아 건넸다. 바랑에 시주 쌀을 쏟은 후, 스님은 합장과 함께 '나무 관세음보살'이라는 말로 감사를 표했고 지켜보던 나도 어머니를 따라 합장으로 인사하곤 했다.

어느 날, 방과 후 집에서 무료한 시간을 보내던 중 밖에서 불경 외는 소리와 목탁 소리가 들려왔다. 밖을 내다보니 반쯤 열린 대문간에 시주 오신 스님의 모습이 보였다. 스님은 삿갓을 쓰고 있어 얼굴은 볼 수 없었다.

얼른 부엌으로 가 어머니에게 스님 오셨다고 전했다. 물기 있는 양손을 행주치마에 닦은 어머니는 여느 때와 같이 조롱박 바가지에 쌀을 담아 나오셨고 나도 뒤따랐다. 스님은 두 손 합장과 반배로 감사를 표하신 후, 건네받은 쌀을 바랑 속으로 쏟아부었다. 스님의 행색이 다니던 절에서 뵙던 스님들과 다소 달라서인지 어머니는 어느 절에서 오셨냐며 물었다. 스님은 해인사에 있으며 탁발 수행 중이라 하셨다. 해인사가 합천에 있음을 배웠기에 먼 곳에서 오신 스님이구나 생각했다.

두 분의 대화하는 모습을 지켜보고 있던 나와 눈이 마주친 스님은 잠시 후, 어머니에게 "이 아이는 신발을 잘 신겨주도록 하세요"라고 하셨다. 신발을 신고 있던 나로서는 스님의 말을 이해하지 못했다. 그때까지 신발에 대한 어른들의 말씀으로는 '신발을 머리맡에 두지 마라', '신발을 머리에 이고 자는 게 아니다'라는 정도였다. 가장 소중하고 항상 정갈해야 하는 머리이기에 온갖 것이 다 버려진 땅을 밟아 지저분한 것이 묻어 있는 신발을 머리 위쪽에 두지 말라는 것인가 보다 하는 정도로 이해했을 뿐이었다. 어머니와 대화를 마친 스님은 성불하시라는 말을 남기고 가셨다. 그 후로도 시주 오시는 스님이 있었으나 그 스님은 아니었다. 신발의 의미에 대해 그 스님에게 물어볼 기회를 다시 얻지 못했다.

그 후 고향에서 중학교를 마치고 서울로 올라와 고교에 진학했고, 졸업 후 사회 초년병으로 직장 생활을 하며 좋은 상사들 덕분으로 대학원을 마칠 때까지 스님의 신발 얘기는 잊고 살았다. 이십 대 후반에 아내와 혼담이 오갈 무렵, 문득 스님의 신발 얘기가 떠올랐을 뿐이다. 그 후로도 스님이 말씀하신 신발이 무엇을 의미하는 것인지 생각도 해보고 또 주위 분들에게 물어보기도 하였으나 답을 얻지 못했고 지금도 알지 못한다.

살아온 과정이 남다를 게 없는 결혼과 직장 생활을 하며 정년퇴직을 맞이하였고 다행히 건강에 문제가 없어 퇴직 후, 10년이 지난 지금도 일하며 백세시대의 가장으로서 평범한 삶을 꾸리고 있다. 부모님 모두 구순을 넘겨 사셨고, 장인 장모님도 부모님의 연세가 지나도록 아직 건강을 유지하고 계신다. 딸은 초등학교 4학년이 되는 딸아이 하나를 두고 나름 안정된 결혼생활을 하고 있으며, 미혼인 아들은 오래 교제해 온 여친과 결혼을 앞두고 있다. 누구와도 크게 다를 바 없는 노후의 삶이다. 큰 부자가 되었거나, 사회적으로 높은 지위를 누린 것도 아닌 평범한 삶이었으며, 지금도 별반 다를 바 없다. 스님이 언급하신 신발의 의미에 걸맞거나 이렇다 할 내세울 것도 없는 평범한 삶이었다.

삶의 후반부인 지금, 스님이 주고 가신 화두 '신발'의 의미를 나름대로 해석해 본다. 평범한 삶이었으나 살아오는 동안, 우리 가족에게 지극히 가슴 아픈 일은 없었다. 또 부귀영화를 위해 머리를 조아리거나, 양심을 저버린 일도 없었으며 앞으로도 그리 살아갈 것이다. 딱히 내세울 것도 없지만 부끄러운 것도 없는 삶이었다. 그런 삶을 견지할 수 있었음은 그동안 나를 지지하고 성원해 준 가족 덕분이라는 생각을 해본다. 특히, 오랜 세월 잘난 것도 살갑지도 않은 남편을 묵묵히 따라주며 뒷바라지해 온 아내 덕분인 점을 인정하지 않을 수 없다.

스님이 얘기하신 '신발'의 의미가 '아내'라 한다면 나는 지금까지 내게 잘 맞는 신발을 신고 왔으며 또 앞으로도 그 신발을 오래도록 신고 갈 것이다.

『수필』

석 숙 희

한마디

온 세상이 봄꽃 천지다. 발길 닿는 곳마다 눈길 가는 곳마다 꽃 대궐이다. 꽃잔치에 멀미를 할 정도이다.

약 력

- 《한국수필》(2023) 등단
- 중랑신춘문예 최우수상(2023), 중랑문학신인상 우수상(2021)
- 신내글향기 회원

깐깐한 오월이 지나면 외 1편

생명수를 듬뿍 머금은 꽃나무가 가지마다 봉오리가 벙글기 시작했다. 생강나무와 산수유가 노란 꽃망울을 달기 시작했고, 무거운 털옷을 벗어 던진 목련 꽃봉오리도 부끄러운 듯 뽀얀 얼굴을 살며시 내밀고 있다.

온 세상이 봄꽃 천지다. 발길 닿는 곳마다 눈길 가는 곳마다 꽃대궐이다. 꽃잔치에 멀미를 할 정도이다. 꽃향기 풀풀 나는 봄꽃은 내게 걷게도 하고, 가슴 뛰게도 한다. 화려하게 수놓았던 봄꽃들이 속절없이 가는 세월에 장미와 이팝꽃과 아카시아 꽃에게 자리를 내주고 서서히 자취를 감추고 있다.

깐깐한 5월이 되었다. 산촌에는 조석으로 찬 기운이 조금 남아 있지만, 산과 들의 녹음이 짙어지고 있다. 봄은 씨앗을 뿌리거나 모종을 심는 농사꾼들이 손꼽아 기다리는 계절이다.

오래 머물지 않기 때문에 꼭 해야 할 일들을 서두르는 때이다. 농사도 심을 때와 거둘 때가 있어서 이를 놓치면 한 해를 허탕 치기 때문에 우리 조상들은 바쁜 농번기 5월이면 이것저것 챙길 것이 많아 눈코 뜰 새가 없었다. 5월을 깐깐하게 챙기면 6월은 미끈하게, 7월은 어정하게 지나간다고 했다.

고구마도 심고 두릅 순도 딸 겸 몇 달 만에 본가를 찾았다. 우리 동네는 안동 댐으로 수몰지구가 되면서 가구 수가 줄었다. 노인들이 돌아가시고, 젊은이들은 살길을 찾아 도시로 떠나다 보니, 자연히 인구 감소로 이어져 빈집이 늘어났다. 세월이 흐르면서 빈집이 흉가처럼 방치되어 있다. 안타까운 농촌의 현주소이다. 그나마 몇 가구가 아직 살고 있어 사람의 온기를 느낄 수 있는 것이 다행이다.

우리 집도 황량하고 을씨년스럽기는 여느 빈집과 다를 바가 없다. 어른들이 계실 때는 항상 부담감이 있어 갈 때마다 무거웠던 발걸음이 이젠 한결 가벼워졌다. 마당 한 켠에는 민들레가 홀씨 되어 바람에 날려와 소복이 쌓여 있고, 텅 빈 집 추녀를 제집인 양 터전 삼아 제비 내외가 부지런히 흙과 지푸라기를 물어와 힘겹게 둥지를 틀고 있다. 툇마루에는 지난날 어머님이 제사에 쓸려고 힘들게 채취하던 송홧가루가 바람에 실려와 마치 콩가루를 뿌려 놓은 듯하다. 마당 구석에는 아무도 반기지 않는 순하디 순한 샛노란 애기똥풀이 무성하게 자라고 있었고, 입구에는 부귀의 상징인 모란이 새빨간 꽃을 탐스럽게 피어선 한가롭게 주인을 기다리고 있다가 반갑게 인사를 한다. 참새도 집주인이 오니 연신 들락거리며 덩달아 인사를 한다.

먼저 과수원으로 향했다. 과수원에도 봄이 내려와 앉았다. 매실나무는 복숭아씨만 한 매실을 주렁주렁 달고 있다. 복숭아, 살구, 자두, 모과나무에는 꽃이 진 자리에 잘 익은 보리밥 알갱이 같은 열매가 조롱조롱 매달려 있다. 그동안 산나물 채취꾼들이 독차지했던 참두릅은 첫 순은 다 따가고 나중에 나온 순은 억세어져 있다. 채취 기간이 보름 남짓한 엄나무순(개두릅)은 남의 손을 타서 수확할 것이 거의 없었다. 딸 수 있는 기간이 단 3일 남짓한 귀한 옻 순은 옻을 탈 수 있음에도 불구하고 손이 닿는대로 전부 따 버렸다.

일 년 내내 우리 식탁의 주인공이 될 밥도둑 반찬거리를 잔뜩 기대했는데 이성이 마비된 양상군자들로 인하여 산산이 부서졌다.

지난해 늦가을 고구마를 캐고 방치된 텃밭은 황무지나 다름없는데, 뒷집 젊은 농부가 먼저 다가와 농기계로 순식간에 갈고 이랑을 곱게 만들어 주었다. 비닐도 기계로 씌워 준다는 것을 사양하고 우리 부부가 팔을 걷어붙이고 비닐을 씌웠다. 비닐 씌우기는 이젠 이력이 나서 전문 농사꾼 못지않다. 토질이 사토라 물 빠짐이 좋고, 아버님이 생전에 운영하던 정미소가 있던 곳이라 담장이 견고하여 멧돼지의 습격을 피할 수 있어 매년 고구마를 심고 있다. 고구마는 거름을 주지 않아도 정성을 덜 드려도 잘 자라며 연작이 가능하다 보니 출향인들이 선호하는 농작물이다.

그런데 작년에는 심은 모종의 절반이 죽었다. 노력을 하지 않아도 결실이 풍부하리라고 자만했던 결과라 후회하고, 올해는 포기마다 정성을 다해 심었다. 쓰지 않던 근육을 모처럼 쓰다 보니 절에서 108배를 한 듯 허벅다리에 근육통이 생겨 힘겨웠지만, 수확을 해서 나누어 줄 기쁨이 더 크기에 '이 정도 고생쯤이야!' 하면서 흘리는 땀방울 하나하나가 그 무엇보다도 비교할 수 없을 만큼 값지다.

농부에게는 씨를 뿌리는 재미, 기르는 재미, 거두는 재미가 3가지 즐거움이다. 작은 텃밭이라도 일구어 본 사람은 알 것이다. 무거운 흙을 밀고 올라오는 새싹이 자라나는 것을 지켜보노라면 희망이 저절로 솟는다. 별빛 찬란한 밤하늘과 풀벌레 소리 그리고 깨끗한 공기와 신선한 먹거리가 농촌에서만 느낄 수 있는 맛과 멋이다.

인구 감소로 시끌시끌하던 옛 모습은 사라졌지만, 호젓한 여유는 예나 지금이나 변함없다. 졸졸 흐르는 실개천의 물소리와 저녁이면 산속에서 적막을 깨우는 소쩍새 소리를 들으며, 달빛에 의지해 야생화 핀 시골길을 걷다 보면 나를 속박했던 갖가지 굴레에서 벗어나 평온해진다.

고향이란 단어는 언제 들어도 가슴 뭉클한 그리움과 향수를 느끼게 한다. 특히 고향을 떠난 이들에게는 더 크게 와 닿는다. 사람에게도 귀소본능이 잠재되어 있기 때문이 아닐까? 어른 기침 소리만 들어도 조심스러워했던 젊은이들은 더 이상 찾아보기 힘들며 고샅에서 애기 울음소리가 들리고 논둑에서 메뚜기 잡으며 놀았던 왁자지껄한 소리는 언제 또 들을 수 있을지 모르지만 동네가 지금보다 더 활기차고 살기 좋은 고장으로 발전하길 기대한다.

잠깐 멈추어 서서 향긋한 풀내음을 맡으며 고단했던 마음을 달래 본다. 부서지는 강렬한 태양빛에 꽃피는 봄날이 속절없이 흘러간다.

병역 이행 명문가 반열에 오르면서

6월은 호국보훈의 달이다. 호국보훈은 나라를 지키고 보호하는데 애쓴 사람들의 공훈에 보답한다는 뜻이다. 현충일과 동족상잔의 6.25 한국동란이 있었던 6월은 온 국민이 역사의 장(場)마다 새겨져 있는 호국영령을 기리고 추모하면서 나라의 사랑과 국민 화합의 참뜻을 다짐하는 달이다.

징병제를 근간으로 병역법이 공포(公布), 시행된 지 60여 년이 지나고, 6.25동란을 치르는 등 숱한 현대사의 위기 한가운데, 우리의 할아버지, 아버지, 형제, 자식들은 국민의 4대 의무 중 하나인 국방(병역)의 의무를 수행해 왔기 때문에 우리는 국가적 큰 위협을 모른 채 오늘에 이르렀다. 그러나 지금도 우리 사회는 고위층 인사에게 요구되는 높은 수준의 도덕적 의무인 '노블레스 오블리주'를 실천해야 할 위치에 있는 일부 고위 공직자, 정치인, 재벌, 연예인 등을 중심으로 자신들이 가진 기득권을 이용해 본인은 물론 자식까지도 신체를 훼손하거나 조작하는 등의 상상을 초월하는 갖가지 방법으로 군복무를 피하는 병역기피 현상이 사회 전반에 만연(蔓延)되어 국민의 지탄(指彈)과 위화감을 조성하기에 이르렀다. 이에 급기야 정부(병무청)가 국방의 의무를 성실히 이행한 사람의 자긍심을 높이고, 이들의 희생과 헌신에 대한 존경과 감사를 표시하기 위해 지난 2004년 병역이행 명문가 선양사업을 추진하게 되었다.

병역이행 명문가는 3대[조부, 부 · 백부 · 숙부, 본인 · 형제 · 사촌 형제]가 모두 현역 복무를 성실히 마친 가문을 말한다. 현역 복무는 징집 또는 지원에 의하여 장교, 준사관, 부사관, 병으로 입대하여 현역 복무를 마쳤거나, 장기 복무 중인 것을 말한다. 병무청은 대대로 병역을 명예롭게 이행한 가문이 국민으로부터 존경받고 긍지를 가질 수 있는 사회 분위기를 조성하기 위해 병역이행 인원수에 따라 병역 명문가 표창을 해오고 있다.

2004년 사업 첫해에는 전국에서 신청한 가문 40 가문 가운데 최종 20가문이 '병역이행 명문가' 수상의 영광을 안았다. 우리 가문도 그해 시아버지이신 '류동하 가문'으로 특별상을 수상했다. 시아버지 대인 1대 3명, 2대 7명, 3대 3명 등 모두 13명이 병역을 마쳤다. 당시 3대인 자식과 조카는 모두 7명이었지만 나머지 5명이 미성년자였기 때문에 3대 전원이 병역이행이어야 하는 공식 선정 대상에서는 제외됐지만, 병역이행 인원수에서는 수상자 신청 가문 중에서 가장 많았다. 이에 병무청은 안타깝게 생각되어 선정 내역에 없던 '특별상'을 신설하여 우리 가문도 수상하게 되었다. 수상 내역은 당시 국방일보에도 대서특필되었다. 그해 9월에 열린 시상식에 참석해 보니 선정된 대부분의 가문이 할아버지, 아버지, 본인 등 3대가 현역 복무를 성실히 이행하면서 그 과정에 복무 중 목숨을 잃거나 평생 후유증에 시달리는 상황을 겪은 가문도 적지 않았다.

현재 우리 사회에서는 병역을 기피하려는 사람보다 이행하려는 사람이 많다고 하니 다행이다. 병역의무 이행을 자랑스럽게 여기도록 하기 위해서는 무엇보다도 공정성이 보장되어야 한다. 어느 한쪽이 아닌 우리 사회 전체 즉, 모범을 보여야 할 사회 지도층에서부터 일반 국민에 이르기까지 사회구성원의 적극적인 참여와 실천이 뒤따라야 한다. 조국과 민족을 위하여 고귀한 생명을 바친 것보다 더 값진 것이 무엇인가? 자신의 영달과 치부만을 위해서 공공선(公共善)을 무모하게 짓밟고, 나라의 장래까지 뒤흔드는 극단의 이기주의자들이 극성을 부리고 있다. 이 땅의 국민이라면 현충일뿐 아니라 평상시에도 언제나 조국의 자유와 평화를 지킨 호국영

령들의 헌신과 용기를 다시 한번 되새겨야 한다. 세인의 무관심 속에 외롭고 어렵게 살아가는 보훈대상자들이 존경받고, 유족이나 후손들이 국가로부터 생활 안정과 복지를 철저히 보장받으며, 국민으로부터 우대와 애정을 받는 풍토가 조성되어야만 어떤 국란도 극복되고 자유와 평화를 누릴 수 있을 것이다.

미래에 태어날 후손에게까지 전쟁의 아픔을 또다시 물려주고 싶지 않지만 남들이 모두 가는 군복무를 피할 생각은 추호도 없다. 특히 사회적 지위와 신분이 높고 학식과 덕망을 갖춘 가문이라 하더라도 국민의 의무를 다하지 못한 가문을 명문가라 부를 수 없다. 숭고한 애국심으로 대를 이어 국민의 도리를 다한 이들이야말로 진정한 애국자이다. 투철한 애국심으로 3대에 13명 가족 모두 현역에 복무한 우리 가문은 국가가 인정한 자랑스러운 병역이행 명문가이다. 병역이행 명문가로서 긍지를 가지면서 무한한 책임을 느낀다.

6月 호국의 달에 즈음하여

『콩트』

서 석 용

한마디

작은이모는 살았어도 죽은 이와 다름없었다. 기어코 알려고 하지 마라. 알면 가슴이 아파진다. 자 이제 나는 가야 할 때가 되었구나. 나를 네 기억 속에 넣어 두고 잘 살아라.

약 력

- 중랑신춘문예 소설 입상(2020)

큰이모

눈앞에 회색 벽이 보이고 역시 회색인 문이 보였다. 문에는 나무 손잡이가 달려 있었고 잠금장치는 아예 없었다. 그리고 조금 열려 있었다. 열린 틈으로 안을 살폈으나 무엇이 있는지 짐작도 할 수 없었다. 슬그머니 호기심이 발동해서 문을 슬쩍 밀어 보았다. 아무 소리도 없이 열렸다. 슬그머니 그 방에 들어섰다. 방안에는 작은 탁자가 있고 그 위에 시계가 있었다. 탁상용이 아닌 벽걸이 시계인데도 탁자 위에 잘 버티고 서 있었다.

시계를 찬찬히 살피니 초침이 달린 구식 시계였다. 요즘 초침 달린 시계가 드문데 귀한 물건이라 여겼다. 시각을 알려고 자세히 들여다보니 초침이 거꾸로 돌고 있었다. 갑자기 이상하다는 생각이 들었다. 누가 재미로 웃기는 물건을 만들었을지 모른다고 여겼다. 하긴 제대로 돌건 거꾸로 돌건 같은 솜씨로 만들면 만들 수 있다고 보았다. 바로 그때 탁자 뒤 의자에 앉은 존재를 발견했다. 흰 수염이 잘 자라고 피부 혈색이 좋은 노인이었다.

"과거로 가는 시계야."

"과거라니요? 과거로 갈 수 있다구요?"

"몇 살 때로 돌아가기를 원하지?"

"글쎄요. 미래로 가본다면 모르지만, 과거는 좀."

"미래로 가서 무얼 하게?"

"미래에 주가가 오른 주식을 지금 사려고요."

"오, 지금 사 모은 주식이 미래에 오를지를 미리 보겠다는 뜻이로군. 그럼 큰 부자가 될 수 있지."

"그래서 미래를 가보고 싶습니다. 가능해요?"

"이 시계는 과거로 가기만 할 뿐, 미래로 갈 수 없단다. 그러니 그냥 가보고 싶던 과거로 여행하도록 하지. 열 살로 가볼까?"

"열 살이요? 한국 전쟁 때인데요. 전쟁터로 가서 무얼 하게요? 일부러 갈 이유가 없어요. 지금도 생생하게 기억하는데 거기를 힘들여 찾아가고 싶지 않아요."

"무엇이 기억나는가?"

"7월 초순이었을까요? 대포 소리가 쿵쿵 울려와서 어린 나는 어머니와 할머니를 따라 산골짜기로 가서 숨어 있었어요. 그 밤에 하늘로 빛줄기를 그으며 날아다니는 총알을 구경하고 있었어요. 거의 밤새 그런 소란이 일더니 대포 소리가 점차 남쪽으로 이동하더군요. 그래서 골짜기에서 나와 집으로 왔는데, 누가 우리 집 돼지를 솥에 넣고 삶아 놓았어요. 잘 익었어요. 그런데 삶아 놓고서 한 점도 먹지를 못하고 어디론가 사라진 사람들이 누군지는 아직도 모릅니다."

"잠깐만 기다려. 내가 그때로 갈게."

"------"

"응, 대한민국 국군이 그랬군. 먹을 시간이 없어 후퇴하고 말았어."

"그 국군 가운데 누가 다치지는 않았나요?"

"한 병사가 다리를 심하게 다쳐서 들것에 실려 있군. 아, 안타깝다. 얼마 후 그들은 그 병사를 이웃 마을 정자에 뉘어 놓고 후퇴해 버렸다."

"그러니 그런 안타까운 일을 보러 그때로 되돌아가지 않겠어요."

"그럼, 지금까지 살아오면서 정말로 보고 싶었던 누가 있었지 않을까?"

"큰이모요, 살아오면서 딱 한 번 만났었으니까요."

"언제 만났는지 살펴볼까? 오, 3살 반이었을 때로군. 큰이모를 만나게 해줄까?"

"그래요. 어서요."

바로 그때 누가 문을 들어섰다. 아주 젊은 여인이었다. 생김새가 어디엔가 작고하신 어머니 비슷했다.

"예가 순미 둘째야."

말이 떨어지기가 무섭게 큰이모가 소리쳤다.

"예, 분쵸야. 네 얼굴에서 순미의 눈매가 보인다. 나를 알아보겠니? 그때 네가 3살 때 우리 집으로 놀러 왔었어."

"저는 분쵸가 아닌데요. 용인데요."

"네 엄마가 순미지? 새내 살았지? 나는 용이라는 우리말 이름을 몰라. 너는 도쿠가와 분쵸였어. 그러니 너를 분쵸라 부를 수밖에, 알겠어?"

"반갑습니다. 큰이모님, 정말 보고 싶었어요."

"그때 너는 참 통통하게 생긴 아이였어. 조금 못생겼지만 말이다. 네 형이 누가 있었다고 기억하는데 그도 잘 있냐?"

"얼마 전에 돌아가셨습니다."

"그 녀석이 유명 인사가 되었다는 소식은 들었다만."

"그럼요. 꽤 성공하고 제법 부자가 되었지요. 돌아가셨으니 지금 큰이모님 계신 데서 만날 수 있지 않을까요?"

"분쵸야. 내가 있는 데에서는 서로 만나지 못한다. 모든 인연의 끈이 끊어져 버려서 지난날의 인연으로는 만나지 못한단다."

"그럼 우리 어머님도 만나지 못한단 말입니까?"

"응."

"제가 세 살 때 그때 저를 만났을 때 이야기를 더 해주세요. 통통한 제가 장난이 심했나요?"

"글쎄, 나도 기억이 가물가물하구나. 그때 네가 노래를 부른 게 생각난다. 일본 노래처럼 들렸는데, 암튼 고래고래 소리 질렀어. '고께마 어쩌구 저쩌구' 했단다."

"무슨 뜻인지 아세요?"

"학교에서 일본어라고 공부했으나 그런 단어는 모르겠다. 어쩌면 네가 작사도 하고 작곡도 했을지 모른다. 그런데 너는 지금 무얼 하면서 살고 있냐?"

"작사하려고 기를 쓰는데 한 작품도 성공하지 못했어요. 아마 감성이 메말라서 그럴 겁니다. 그래서 그냥 주로 쉬운 산문을 쓰고 발표하고 그래요. 그리고 사진을 잘 찍어요. 얼마 전에 동호인 전시회를 했는데 굉장한 호평을 받았답니다. 또 세밀화를 그리고 있는데 제법 솜씨가 있다는 칭찬을 받기도 하지만 여분의 시간은 친구들과 어울려 잡담도 하고 산책도 하고 바둑도 두고 그래요."

"잘 살아가고 있구나. 그런데 가끔 내 생각을 하니?"

"아주 드물게 큰이모님 생각을 합니다. 가장 궁금한 일이 왜 그 긴 세월을 살아오면서 딱 한 번 만나 뵈었는지 그 사연이 정말 궁금합니다. 아마 외가에 자주 들리지 않아서 그랬을 터이지만 이상하다는 생각은 하고 있었습니다."

"너는 외가에 관해 무엇을 알고 있냐?"

"외삼촌이 놀랍게 똑똑했었다는 소식만 알고 있었어요."

"그래. 똑똑하기로 유명했지. 참 유망한 동생이었는데, 그런데 유행병을 얻어 일찍 죽었어. 그 참사에 놀라서 외할아버지도 이어 돌아가시고, 집안은 풍비박산이 되고 말았지."

"그때 큰이모님은 무얼 하고 계셨어요?"

"나는 이미 그 전에 인근으로 출가해서 살고 있었지만 어떤 도움도 줄

형편이 아니었단다. 안타깝지만.”

“큰이모부님은 무얼 하고 계셨을까요?”

“무언가 무슨 운동을 하고 있었는데, 거기에 정신이 팔려 사는지 죽는지도 구별하지 못했으니 누구를 돕고 말고 할 여유가 없었단다. 너 좌익이 무언지 알고 있니?”

“그럼요. 선친께서는 유명한 우익이었으니 모를 턱이 없겠지요. 아, 그랬군요. 큰이모부님이 좌익이셨군요. 이제는 모든 일을 이해할 수 있겠는데요. 말하자면 좌우익끼리 소통을 끊어버린 셈이었군요.”

“그것도 그냥 무늬만 좌익이라면 그러려니 하면서 서로 소통했겠으나 그게 아니었어. 너 공비가 무언지 알고 있냐?”

“잘 모르겠는데요.”

“암튼 공비들과도 어울린다면 서로 소통하기 어려웠을 거야. 그때 소태백산 지구가 공비들로 시끌시끌하던 때 아니냐? 그뿐이라면 또 몰라. 그가 가진 것이라고는 콩밭 두어 뙈기뿐이었는데 없는 살림에 차비를 꾸어서 서울로 가 4.19행사라면서 몇 달이나 흔적도 없다가 애꾸눈이 되어서 집으로 왔어. 그뿐이라면 참을 만도 했겠지만, 세월이 아무리 흘러도 그 버릇을 고치지 못해 또 무슨 광주를 간다면서 사라져 버린 적이 있단다. 못 말리는 인사였어.”

“아, 참. 작은이모님이 그렇게 미인이셨다면서요? 그분은 어찌 되었나요?”

“분쵸야. 알려고 하지 마라. 작은이모는 살았어도 죽은 이와 다름없었다. 기어코 알려고 하지 마라. 알면 가슴이 아파진다. 자 이제 나는 가야 할 때가 되었구나. 나를 네 기억 속에 넣어 두고 잘 살아라. 그럼.”

약간 ‘펑’ 하는 소리와 함께 섬광이 일더니 큰이모가 있던 자리에 아무도 없었다. 나는 한참을 멍하니 서서 정신을 차리지 못했다.

"큰이모를 만나니 어땠나?"

"차라리 아니 만남만 못합니다. 왜 긴 세월에서 단 한 번 만났는지 곡절을 알긴 했으나, 모르고 있는 편이 더 나을 뻔했습니다."

"과거란 그런 것이야. 미래는 더 심해. 그래서 미래를 가지 않는 편이 더 편할 수 있어. 미래로 가다가 자신이 죽어가는 사고를 만날 때도 있어."

"제가 사고로 죽는단 말입니까?"

"아니, 결단코 그렇지 않아."

"당신은 도대체 누구지요? 누군데 남의 미래까지 보고 있습니까?"

"내가 누구냐고? 궁금하단 말이지? 알려주지. 네가 쓴 중편소설 「시간이 죽다」에 등장하는 시간이야. Aetas라 부르기도 하고 Tempus라 하기도 한다. 궁금하면 더 물어도 좋아. 나는 좋은 질문을 즐기거든."

"우선 소설에 등장하는 인물들이 육신의 손상 없이 과거로 갔는데, 가능한 일입니까?"

"불가능하단다. 소설에서는 가능하지. 그러니까 소설이지. 소설에서는 얼마든지 가능하지."

"조금 전, 과거로 여행하자고 하지 않았나요? 제가 과거로 간다는 뜻 아니었나요?"

"큰이모를 만났듯이 과거를 보여 주는 여행을 말했지. 네 육신이 과거로 가면 생체가 변해야 하는데, 한계가 있어 그러니 육신을 이끌고 과거로 갈 수 없지. 나는 과거를 불러내 보여 주는 여행을 말했던 거야."

"알겠습니다. 그런데 상대성 이론이라는 과학에 따르면 시간이 늘거나 주는 가변성(可變性)이 있는데, 그건 또 왜 그렇습니까?"

"시간은 피조물이야. 창조될 때 그런 성향으로 창조되어서 그래. 공간도 마찬가지야. 모두 피조물이란다."

"그럼 그것을 창조한 신이 존재한단 말입니까?"

"신이 존재하지 않는다면 누가 이 신비한 시간을 만들었겠냐? 일단 누군가는 시간을 만들었어야지. 그것을 만든 분을 신이라 불러도 옳지 않게나? 신은 분명 존재한다. 의심하지 말아라."

"저는 장차 시간에 관한 소설을 한 편 더 쓰려 하는데 어떤 내용이 좋을까요?"

"간단해. 지금 우리가 만났던 이야기를 더 부풀리고 재미있게 쓰면 될 터이다."

"소설에는 기승전결이 있어야 하는데, 지금 이야기로는 기승전결이 부족하지 않을까요?"

"간단해. 네 작은이모의 파란만장한 이야기를 소설로 써라. 지금 작은 이모를 만나게 해줄까?"

"아니요. 만나서 그분의 과거를 들으면 너무 마음이 아플지 모릅니다. 뛰어난 미모의 여성이 찢어지게 가난했다면, 더구나 그런저런 자들과 어울렸다면 어떻게 생활했었는지 짐작이 가는데요. 저는 한사코 반대합니다."

"옳거니. 너는 소설가로 등단까지 한 인물인데 이야기 꾸밈을 나에게 의탁한다면 어울리지 않는다."

"제가 대학에서 물리학을 전공한 적이 있다는 사실은 이미 잘 알고 있지 않나요?"

"잘 알고 있지. 허망한 학문을 했으니 허망한 쪽으로 소설을 쓰기 바란다."

"물리학이 얼마나 정교한 학문인데 허망하다고 말씀하십니까?"

"허망하다는 이유는 시간의 본질은 조금도 모르면서 아는 척 설명하고 가르치는 자세가 허망하다는 뜻이다. 물리학자 가운데 시간의 본질에 제일 가까이 접근했던 학자가 바로 아인슈타인인데 그도 본질을 다 파악하지 못했다고 본다. 즉 시간이 피조물이란 주장을 피력한 적이 없다. 그러니 분명 피조물인 시간이란 존재를 절반쯤 알아낸 셈이다."

"이제 저는 시간이 피조물이란 이야기를 쓰는데 나머지 시간을 바치려 하는데, 피조물이란 결정적 증거를 알려 주실 수 있을까요?"

"간단해. 이 우주에서 무슨 사건이 생긴 적이 있지. 사람들이 빅뱅이라 부르지만 마땅하지 않아. 그게 바로 창조 순간이야. 시간이 창조된 순간이지. 바로 그 이전 상태에 주목해야 한다. 시간이 존재하지 않은 그 이전이라는 모순에서 창조가 이루어졌다."

"모순이라니요?"

"시간이 존재하지 않는데 이전(以前)이란 용어를 쓰는 일이 모순이란 뜻이다. 이전은 시간이 흘러야 생기는 낱말이다. 이해할 수 있겠니?"

"예"

그 순간 몸이 빙 돌았다. 어지러웠다. 어디엔가 부딪친 느낌이 생겼다. 눈을 떴다. 꿈이었다.

"큰이모 안녕, 안녕!

『콩트』

황 우 상

한마디

우리의 삶과 마음을 풍부하게 만들어주는 것은 감동이고, 이런 감동이야말로 바로 문학, 미술, 음악 등 모든 예술이 추구해야 하는 목표라고 생각합니다.

약 력

- 《산림문학》(2010) 동화 작가 등단
- 연세대 영문과 졸업
- 제1회 산림문학상(2015) 수상, 제21회 웅진문학상(2022) 대상 수상(소설 부분)
- 장편소설 『아마존에 이는 바람』, 동화집 『뱁새가 황새는 왜 따라 가?』(2018), 시집 『도시의 낙타』(2021)

진짜와 가짜

허허, 검사님, 먼저 제 말씀 좀 들어보십시오. 예, 맞습니다. 그 그림 제가 그린 거 맞는다니까요. 한 이 년 전에 그린 건데, 그게 무슨 문제가 됩니까? 예에? 위작 판매라고요? 에이, 검사님 말씀이 좀 지나치셨네요.

자고로 위작이라는 것은 원본을 사진 찍듯 베껴 그리거나 똑같이 만들어서, 이거 그 유명한 작가 누가 만든 진짜 작품이요 하고 팔아먹는 걸 말하잖습니까요. 안 그렇습니까? 할리우드 영화에 전문 사기꾼들이 서로 짜고 돈 많은 멍청이를 벗겨 먹는 장면이 바로 그런 거 아닙니까?

예? 아, 그러니까 검사님 말씀은 이런 말씀이로군요. 이 그림을 제가 원본을 모사해서 아주 똑같이 그렸고, 이게 시중에서 진짜라고 유통되었으니 위작 판매다. 맞습니까? 그럼 하나 여쭈어보겠습니다. 그 그림을 제가 팔았습니까? 아니라고요? 그럼 그게 누군가요? 아니, 잠깐만요. 누군가는 중요하지 않겠네요. 중요한 건 그 그림을 판 건 지금 검사님 앞에 앉아 있는 제가 아니라는 겁니다. 안 그렇습니까? 제가 그 유통 당사자가 아닌데 어떻게 위작 판매 혐의를 씌우십니까요?

예? 위작은 맞지 않느냐고요? 에이, 아니지요. 검사님 눈에는 위작으로 보이겠지만 저로서는 위작이 아니라 모사, 즉 베껴 그린 거거든요. 위작과 모사는 엄연히 다르지 않습니까? 그 차이가 뭐냐고요? 검사님도 법전만 들여다보지 마시고 문·사·철 공부를 좀 더 하셔야겠네요. 저는 그림을 모작하여 모작 그림을 전문으로 매매하는 화방에 팔았거든요. 혹시 그 화방에서 제 그림을 원본이라고 팔았는지는 모르겠습니다만.

꽤 오래전이었는데, 어느 텔레비전 방송에 '진품 명품'이란 프로가 있더군요. 요즘도 하나요? 저는 근래에 들어 정치판에 신물이 나서 텔레비전을 보지 않으니 그 프로가 아직도 있는지 모르겠습니다만. 언젠가 그 프로에 옛날 선비들이 붓을 넣어두는 도자기 필통이 출품되었는데 가을 하늘처럼 맑은 코발트 빛 청자로 만들었더군요. 그러나 결국 그 분야 전문 심사위원이 내린 판단은 가짜라는 것이었습니다. 소위 위작이었지요. 가격은 당연히 제로였고요.

그런데 그 심사위원의 마지막 말이 인상적이었습니다. "가짜이긴 하지만 참으로 정교하게 잘 만든 것입니다. 위작이니만큼 가치는 전혀 없지만, 그냥 근래에 어느 무명작가가 만든 아주 훌륭한 모작이라고 생각한다면 시중 매매가가 xx 만 원 정도 되겠습니다." 그렇습니다. 작품 그 자체만 놓고 본다면 가치가 있다는 말씀이지요.

그런데 말입니다. 검사님 시간이 좀 괜찮으시면 몇 마디 말씀 좀 나누고 싶은데 어떠실까요? 아이고, 고맙습니다. 다른 게 아니라 원본과 위작과 모작을 대하는 사람들의 마음이랄까 취향 같은 것에 관해서 말씀을 나누고 싶어서요. 짧게는 몇십 년 길게는 몇백 년이 지난 좋은 그림이야 누구나 갖고 싶지요. 특히나 유명한 사람의 작품이라면 더더욱 그렇겠지요. 그런데 제가 볼 때는 말입니다. 그런 그림을 소장하고 싶은 마음이 꼭 그 그림의 진정한 예술적 가치를 알아보아서 그러는 사람도 있을 수 있겠지만, 그보다는 자기의 부 내지는 사회적 명성을 과시하려는 속물근성의 발로가 더 크지 않을까 싶네요. 또 하나는 시간이 흐름에 따라 그 그림의 가격이 뛰기를 바라는 투자 목적이거나요. 예, 검사님 말씀도 맞습니다. 그런 속물근성이나 투자 목적도 자본주의 사회의 한 단면이기도 한데 굳이 비난하거나 폄하할 필요는 없겠지요. (제가 모처럼 '폄하'라는 유식한 말을 썼네요. 공자님 앞에 문자라 죄송합니다.)

그 반면에 그런 유명한 그림을 가까이에 놓고 음미하면서 감상하고자 하는 사람들도 있을 거란 말이지요. 그러나 원본은 언감생심 가까이하기가 힘들지 않습니까. 산다는 건 꿈도 꿀 수 없겠고 그걸 전시하고 있는 외국 어느 박물관까지 가기도 쉽지 않고 말입니다. 그렇다면 저 같은 사람이 그린 모사품이 그런 사람들의 목마름을 가셔줄 대안이 되지 않겠습니까요? 진짜 감쪽같이 그리면 어느 것이 원본인지 모작인지 구별이 되지 않으니까요. 그러고 보니 언젠가 고인이 되신 우리나라 여류화가님의 작품을 놓고 누구는 진짜라 하고 또 누구는 가짜라고 해서 떠들썩한 적이 있었지요? 또 외국 어디에선가는 문제가 된 작품을 놓고 작가 자신이 '이건 내 작품이 맞다'라고 했는데 나중에 전문가들이 온갖 기술을 동원해서 알아보니 위작이었다고요.

여기서 예술작품의 투자(또는 투기)는 빼놓고 예술성만을 한번 따져볼까요? 검사님은 예술을 뭐라고 정의를 내리시겠습니까? 별로 생각해 보신 적이 없다고요? 사실 대부분 사람은 그냥 생각 없이 지나가지요. 먹고 살기도 바쁜데 예술이 뭔지 생각할 겨를이 없다는 거지요. 굳이 한번 말해 보라고 하면, 그림을 보고, 아, 그것참 잘 그렸네! 싶으면 예술이지 않겠느냐 하는 정도일 겁니다. 그런데 저는 이것이 예술의 정곡을 찌르는 말이라고 생각합니다. 어떤 작품을 보았을 때, 아! 하는 감탄사가 나오면 그게 바로 예술작품 아닐까요, 검사님?

어느 대학교 입학시험 면접에서(옛날에는 필기시험 합격자를 상대로 면접이라는 절차가 있었습니다) 국문과 교수가 어느 학생에게, '문학이 무엇이라고 생각하는가?'라고 물었답니다. 조금 생각하던 그 학생이 답하기를, '글쎄요, 잘 모르겠지만, 문학이라면 뭔가 사람들의 마음과 삶을 조금이라도 풍부하게 만들어 주어야 할 것 같은데요.'라고 했다는군요. 저는 우리의 삶과 마음을 풍부하게 만들어 주는 것은 감동이고, 이런 감동이야말로 바로 문학, 미술, 음악 등 모든 예술이 추구해야 하는 목표라고 생각합니다. 그래서 저는 미술작품을 투자 또는 투기의 대상으로 삼는 사람들을 별로 좋게 보지 않습니다. 그렇다고 뭐 꼭 어떤 거창한 의기 같은 것이 있어서 모작으로 먹고사는 것은 아니지만요.

여기서 말입니다, 검사님, 한번 생각해 봅시다. 감동이 꼭 어느 이름이 높은 화가가 그린 원작품에서만 나올까요? 그런 작품을 보고 느끼는 감동은 혹시 그 작품이 아니라 그 화가의 이름값에서 연상되는 것은 아닐까요? 일종의 속물근성 말이지요. 속물근성이라고 하니까 언젠가 무슨 잡지에서 읽은 단편소설이 생각나는군요. 미국 어느 시골 학생이 우리로 따지면 서울의 어느 대학에 합격해서 첫 학기를 다니고 여름방학 때 집에 왔는데 아버지가 보니까 아주 고급 브랜드 시가를 피우고 있었지 뭡니까. 평범한 시골 시가를 피우던 아버지가, '너 그 고급 시가의 맛을 알고 피우느냐?'라고 물었더니, '그럼요, 역시 시가는 이 브랜드라야 제맛이지요. 다른 것은 맛이 없어서 못 피워요.'라고 하더랍니다. 일주일쯤 지나서 아버지가 아들이 피우는 브랜드의 시가를 가져와서 한번 피워보라고 한 다음 맛이 어떠냐 하고 물으니 아들은 눈을 가늘게 뜨고 아주 흡족한 표정으로, '역시 시가는 이 브랜드지요.'라고 대답했지요. 이때 아버지는 아들 머리에 꿀밤을 한 대 먹이고서 말했습니다. '이놈아, 그건 이 아비가 피우는 시가를 그 브랜드로 포장만 한 거야!'

자, 그럼 검사님, 도대체 원작과 모작의 차이는 어디 있습니까요? 다시 말해서 작품의 감동이 어디 있느냐는 겁니다. 어느 구석에 처박혀 있는지도 모르는 원작보다는 오히려 모작이라도 가까이 있는 그림에서 감동을 얻을 수 있지 않습니까? 그렇다면 진품이다 위작이다 구분이 필요할까요? 돈벌이가 아니고 감동을 말할 때 굳이 진위를 가릴 필요가 있느냐는 말씀입니다.

여기서 저명하신 화가들은 반발할 겁니다. '우리가 그리는 그림은 영혼이 담겨 있지만, 위작이나 모작은 말 그대로 베낀 것이기 때문에 영혼이 없다'라는 식으로 말입니다. 글쎄요, 뭐, 그런 영혼이라는 것은 눈에 보이는 것도 아니고, 따라서 증명이나 계량을 할 수 없는데, 있느니 없느니 함부로 말할 수는 없지 않을까요? 그리고 사람들의 감동이 그런 영혼에서 온다고 누가 단언할 수 있겠습니까요? 저는 모작을 하니까 제가 그린 그림에는 영혼이 없을지 모르겠지만요, 제 그림을 보고도 많은 사람이 감탄하고 감동하더라고요. 그리고 요즘 들리는 말로는, 그 뭣이냐, 인공지능이라는 게 발달해서 챗GPT라나 뭐라나 하는 것에다가 이러이러한 내용으로 그림을 그리라고 명령만 입력하면 그야말로 눈 깜짝할 사이에 놀랄 만한 그림이 나온다는데, 이런 그림을 검사님은 어떻게 생각하십니까? 이게 원작입니까, 위작입니까? 사람은 아이디어만 주었지 직접 그린 건 아니고, 그림을 그린 건(또는 제작한 건) 기계가 했으니 원작과 위작의 경계가 어디인지 애매하단 말입니다. 우리 속담에 '꿩 잡는 게 매'라고 하듯이 누가 그렸다든지 간에 사람들이 어떤 그림을 보고 감동하면 그걸로 됐다고 저는 생각하는데, 어떻습니까, 검사님도 제 말에 동의하시나요? 여전히 잘 모르겠다고요? 예, 알겠습니다. 지금까지 말씀드린 건 제 생각일 뿐이니까 그냥 그러려니 하십시오.

아이고, 두서없이 떠들다 보니 검사님 시간을 너무 많이 뺏었네요. 그럼 이만 가보겠습니다. 예? 아, 물론이지요. 언제라도 참고인으로 부르신다면 출두하겠습니다. 그럼 수고하십시오, 검사님.

『동화』

이 해 경

한마디

나뭇가지에 앉아 새들은 목청을 높여 합창을 하고, 벌과 나비들은 날아다니며 봄의 소식을 전하고 있지요.

약 력

- 국세가족문예전 수필 부문 은상(2015)
- 중랑신춘문예 수필 부문 우수상(2019)
- 중랑독서경진대회 독후감 최우수상(2019)
- 중랑신춘문예 동화 부문 장려상(2021)
- 경기도민 문화의 한마당 백일장 시 우수상(2022)
- 대통령기 제42회 국민독서경진경기도대회 우수상(2022)

냄새나라 요정

살구꽃과 벚꽃의 꽃봉오리가 열리고, 저 멀리 하늘 끝자락에서 온 햇살은 오다가 식지도 않은 채 따뜻하게 인간들이 사는 세상을 비추고 있어요. 나뭇가지에 앉아 새들은 목청을 높여 합창을 하고, 벌과 나비들은 날아다니며 봄의 소식을 전하고 있지요. 푸르고 울창한 수풀과 나무들은 만물의 소생의 기쁨을 자랑하듯 그 빛을 뽐내고 있고요.

"엄마, 세상이 참으로 아름다워요. 세상에 아름다운 냄새가 나요."

아이가 이 세상의 아름다움에 흠뻑 빠져 감탄하며 말했지요.

"무슨 냄새가 나니?"

엄마가 한껏 웃음을 띄우며 아이를 사랑스럽게 바라보며 물었어요.

"향기로운 냄새가 나요."

아이는 킁킁 냄새를 맡으며 녹음과 꽃 냄새와 나무 냄새를 맡으며 즐거워했어요.

6살 아이의 이름은 정내음이랍니다. 내음이는 향기로운 냄새를 참 좋아하지요. 오늘도 내음이는 이 들판 저 들판을 뛰어다니며 봄이 선사하는 봄의 향기를 맘껏 누리고 놀다가 집에 들어왔지요. 주방에 들어온 내음이가 갑자기 엄마를 찾으며 말을 했지요.

"엄마, 부엌에서 고약한 냄새가 나요."

"엄마가 냉장고가 꽉 차서 고등어구이를 실온에 두었더니 더운 날씨 때문인지 금방 썩었구나."

"엄마, 얼른 치워 주세요. 이런 냄새는 아예 사라져 버렸으면 좋겠어요. 이런 불쾌한 냄새는 세상에 필요가 없어요."

들에서 향긋한 냄새만 잔뜩 맡다가 집으로 돌아온 내음이는 질색한 표정으로 말했어요.

"그래? 엄마가 미안해. 빨리 버릴게."

엄마는 서둘러 썩은 고등어조림을 음식물통에 버리러 나갔어요. 그때였어요. 갑자기 세상이 어두워지고, 우르르 쾅쾅 소리가 났어요. 내음이는 갑자기 무서워졌어요. 내음이는 목 놓아 엄마를 힘껏 불러봤지만 음식물을 버리러 간 엄마는 올 법이 없었지요.

"뭐라고? 고약하게 썩은 냄새는 세상에 필요가 없다고?"

천둥처럼 큰 목소리가 들렸어요.

"누구세요?"

내음이는 무서워서 기어들어 가는 목소리로 말했어요.

"나는 냄새를 다스리는 요정이야. 세상에서 고약하게 썩은 냄새를 사라지게 해줄까? 그게 네 소원이니?"

"네."

내음이는 망설임 없이 바로 대답했어요.

"이제 네 소원을 들어주겠다. 하지만 후회하게 될지도 몰라."

라고 말 한마디만 남긴 채 요정은 감쪽같이 사라지고 말았어요.

그때 엄마가 현관문을 열고 집으로 들어왔지요.

"엄마~"

내음이는 한걸음에 엄마에게 달려가 안겼지요. 내음이는 엄마에게 그동안의 있었던 일들을 이야기했지만 엄마는 좀처럼 믿어주지 않았어요. 엄마는 내음이가 잠깐 꿈을 꾸었나 생각했지요.

다음 날, 향기초등학교 병설유치원에 내음이는 등교를 했지요. 점심시간이었어요. 내음이는 제일 먼저 급식실로 뛰어 들어가서 식판에 밥을 받았지요. 그리고는 평소처럼 얼른 먹어 치웠지요.

이상한 일이 생겼어요. 오후가 되자 반 친구들의 배가 아파오기 시작했어요. 내음이 배도 아파오기 시작했지요. 영양 선생님께서 후다닥 달려와 빵과 생선의 문제가 생겼다고 알렸지요. 유통과정에서 보관 문제가 생긴 모양이에요. 내음이는 눈물이 났어요.

"저 때문이에요. 썩은 냄새는 없어지라고 말을 해서 냄새 요정이 냄새를 없애서 그런 거예요. 제가 잘못했어요."

내음이가 후회의 말을 하면서 말했지요.

그때 갑자기 세상이 어두워지고 우르르 쾅쾅 소리가 났어요. 내음이는 갑자기 무서워졌어요. 엄마를 목 놓아 힘껏 불렀지만 엄마는 올 리가 없었죠. 그때였어요. 냄새 요정이 나타났어요.

"아직도 썩은 냄새가 세상에서 사라져야 한다고 생각하니?"

"아니요. 모든 냄새는 다 필요해요."

내음이는 흐느껴 울었어요.

"그럼 다시 세상의 썩은 냄새가 나도록 해 줄까?"

냄새를 주관하는 요정이 말했어요.

"내음아, 학교 가야지?"

엄마가 내음이를 흔들며 깨웠어요.

제가 정말로 냄새나라 요정을 보았는데 이것은 정말 꿈이었을까요? 여러분도 진짜 꿈이라고 생각하나요?